メディアワークス文庫

幽霊と探偵

目　次

第一話　失踪と車椅子

父との同居が始まってちょうど一年が経《た》った。

母はとうに亡く、一昨年の暮れに倒れた父を介護するために家族で実家に戻ってきた。

在宅で内職をしている妻に寝たきりの父の面倒を任せきりにしてしまっていた。それを心苦しく思うものの、私にだって仕事はある。経営戦略を誤り傾きかけた会社を支えるため、私は同僚たちとともに休日も返上して働き詰めの日々を送っていた。

私も妻も疲れきっていた。さらに、一人娘は高校受験を間近に控えてナーバスになっており、最近の我が家は外の気温と同様に冷え込んでいた。

父が悪いわけでは決してない。

しかし、私たち家族が醸し出す雰囲気はどことなく父を責めていたように思う。余裕がなかったのだ。ピリピリとした空気の中で息子の嫁に下の世話を頼む父の心情は如何《いか》ばかりだっただろうか。きっと居たたまれなかったに違いない。

不満を募らせていたのは父も同じだったのだ。しかし、今さら気づいてもこうなってしまえば後の祭りだ。

父が齢《よわい》七十にして『家出』した。

空っぽになった介護用ベッドを見下ろして立ち尽くす。六畳間の和室は父の私物であふれているがそのほとんどが介護用器具である。父がそこにいないだけで無用の長物となる彼らが少し侘《わび》しく感じられた。

感傷に耽《ふけ》っている場合ではない。もう一度家の中を探す。トイレと風呂を念入りに何度も確認する。父はどこにもいなかった。外に出た以外に考えられなかった。

今日は日曜日。私は会社で仕事をしていた。片付けなければならない案件があったのだ。しかし、予定していた仕事は午前中にあっさり終わり、そのことを電話で妻に報告すると、買い物に行きたかった妻は私に父の面倒を代わりに看《み》てほしいと頼んだ。私は電話越しに了承した。

外で昼を済ませ、帰宅したのがついさっき。家には誰もいなかった。

妻はいま買い物に出掛けている。娘は塾で最後の追い込みがあるのだと意気込んでいた。父だけが留守番をしているはずだった。

妻に電話を掛ける。事情を説明すると、電話の向こうで絶句した。

「どうして？　あなた、会社出たときメールくれたわよね？　それですぐに帰ってくるものと思って私、家を出たのよ？　何でこんな時間になってるの？」

メールを送ってから一時間以上が経過している。

「いやその、昼は外で食べたから。それで少し……遅くなった」

話しながら責められるとわかり、声が尻すぼみに小さくなった。

「何考えているわけ？　どうしてお家《うち》で食べようと思わなかったの？　ううん、そんなことは今はいいわ。ほらトイレとか、いろいろあるじゃないの。心配じゃないわけ？　あなたの父親でしょ？」

「それはまあ。でも、子供じゃないんだし……」

「呆《あき》れた。あなた、私が普段どれだけがんばって介護してるか全然見てないのね。足腰立たなくなったひとがどれだけ行動を制限されるかまったくわかってないんだから！」

妻の声が一層低くなる。単なる説教ならまだしも罵声が飛び出すと収拾がつかなくなる。慌てて、今はそれどころじゃないことを妻に訴えた。

「とにかく父さんを探さなくちゃだろ！」

「それはそうだけど、でも」

「僕、外を探しにいくよ！」

「待って。待ってってば。さっきも言ったでしょ。お義父《とう》さん、そんなに動けないの。

あんまり闇雲に探さないで。たぶん動けても近所しか回れないはずだから」

「近所だな。わかった。ところで、父さんって自力で歩けるのか？」

言いつつ、私はベッドの傍らに置かれている車椅子を撫《な》でた。

妻は、え？ と怪訝《けげん》な声で問い返した。

「自力って何？ ひとりで歩けるかってこと？」

「そうだけど？」

「歩けるわけないでしょ！ そんなことができたらトイレにだって自分で歩いていくわよ！ お義父さん、私に介護されるの本当に嫌々だったんだから！」

耳元で叫ばれてキンと鳴った。どうにもトンチンカンなことを訊《き》いてしまったらしい。

「そ、そうだよな。わるかった。じゃあ、どうやって移動したんだ？ 車椅子はここにあるっていうのに」

「……あなた、何言ってるの？ 車椅子そこにあるの？」

「あるけど？」

「ありえないわ、そんなこと！ お義父さん、車椅子なしじゃあどこにも行けないはずよ！ ……って、ちょっと待って。そういえば変だわ。仮に車椅子を使ったとしても介助なしに車椅子に乗れるはずないし。どうやって移動したの……？」

「お、おい。どうしたんだ？」

「ありえないのよ！　お義父さんがその部屋から出て行けるはずないの！」

妻が言うには、父の足はそれほどに不自由で、車椅子に自力で乗ることさえ厳しいのだそうだ。まして立って歩くなど奇跡でも起こらないかぎりありえないことらしい。

そら寒いものを背中に感じた。ただの『家出』だと楽観視していたのに、事態は思わぬ方向へと転がり始めていた。

父は、ではどうやってこの部屋から姿を消したのか。

「と、とにかく探してみる」

居ても立ってもいられず、私は電話を切ると外に飛び出した。

＊

ひとまず徒歩圏内を探し回った。しかし途中であることを思いつく。私が父の立場だったらどうするか。もし仮に歩いて外に出ることができたとしても、近所を散策するだけで満足するだろうか。それこそ子供じゃないのだ、タクシーなりなんなり使って行きたい場所に移動するような気がする。

すぐさま頭を振ってその考えを否定した。立って歩けることを前提にしないほうがいい。妻もそれは奇跡だと言っていたではないか。でも――。

心の奥底では弱った父を認めたくない自分がいた。

寝たきりになった父と同居した当初、私はこれも親孝行だと自分に言い聞かせて介護に取り組もうとした。しかし、父のほうから私を拒絶した。

「和孝《かずたか》は何もしなくていい。おまえの世話には絶対にならん」

――ああ、そうかい。なら、一生そうやっていろ。

私は心の中で毒づきながらも、一方で安堵《あんど》もしていた。

子供の頃、父は私を甘やかさなかった。教育方針なのか何なのか、自分のことすらまともにできないやつはろくな人間にならない、という教えを叩《たた》き込まれた。

今でも思い出す。家族でどこぞの行楽地に出掛けたときのことだ。はしゃいで転んだ私は地面に突っ伏したまま泣きじゃくった。擦《す》り剝《む》いた膝が痛くて、小石に躓《つまず》いたことが気恥ずかしくて、誤魔化すように泣いて喚《わめ》いた。母が駆けつけて優しく抱き起こしてくれるのを期待したのだ。しかし、やってきたのは父だった。私を見下ろして「早く立ちなさい。泣けば助けてもらえると思うな」と叱りつけた。

助け起こしてほしくて伸ばした手を、父は一瞥《いちべつ》しただけで無視して歩き去った。

あのときの父の顔はたぶん一生忘れられないだろう。

そんな父が寝たきりになった。他人の助けがなければ生きていけない体になった。

私にはそれが耐えられなかったのかもしれない。

父に介護を拒絶されてほっとした。父に抱いていた畏怖が崩れ去ることを恐れていたのだ。父とは常に恐《こわ》いものでなければならなかったから——。

いつの間にか、デパートが建ち並ぶ商業エリアまで足を延ばしていた。

交差点の四隅が横断待ちの通行人でひしめき合う。私は視線を忙《せわ》しなく動かした。この中に父がいるかもしれないと考えた。まっすぐ立って歩いている父を探した。歩行者信号が青に変わる。通行人が動き出し、前から斜めからひとが押し寄せてくる。

父とすれ違ったと思った。

私は咄嗟《とっさ》に手を伸ばしていた。

「待って！」

「はい？」

腕を摑《つか》まれて振り返ったそのひとは、父とは似ても似つかぬ赤の他人だった。

どうして見間違えたのだろう。そのひとは父に似ていないどころか老人でもなく、明らかに私よりも年下の、二十代半ばの青年だった。すらっとした体軀《たいく》で整った顔立ち、青い目が印象的で、見れば見るほど見間違えたことが不思議でならなかった。

青信号が点滅し始めて、私は慌てて彼を解放した。

「も、申し訳ない！　人違いでした！」

早歩きで横断歩道を渡りきる。クルマが動き出し、私は歩道に立つとその場で膝に手をついた。まったく馬鹿げている。誰彼構わず父の面影を重ねてしまうだなんて。

それだけ心配なのだと言えなくもないが、私が抱えているものはおそらく罪悪感だ。これまで父を蔑《ないがし》ろにしてきたことを恥ずかしく思い、一所懸命に探すことで罪の意識を薄めたがっているのだ。

情けない。私は途方に暮れた気持ちで顔を上げた。

目の前には、横断歩道の途中で摑まえたあの青年が立っていた。

「え？　君は……」

反対側の歩道に渡ったとばかり思っていたのに。信号が間に合わず引き返したのだろうか。そうだとしたら重ねて申し訳ない気持ちになる。

「……君、とは、私のことでしょうか？」

青年は私と目が合うと、私の目の前で確認するように手を振った。

「もしかして、私が見えているのですか？」

なんだそれは。幽霊でもあるまいし。怪訝な目つきで窺《うかが》うと、青年はにっこりと笑った。

「どうやらあなたに取《と》り憑《つ》いてしまったようです」

変な男に捕まってしまった（摑まえてしまったと言うべきか）、と思った。今はつまらない冗談に付き合っている暇はない。

「人違いをしたのは謝ります。ただ、私には時間がない。これで失礼します」

「はい。お気になさらず。私が勝手に付いていくだけですので」

付いてくる気か？　ますます眉根を寄せていると不思議なことが起きた。

交差点付近ではすぐに信号待ちのひとだかりができる。そこから少し外れているが、ここは通行の主動線。立ち尽くしていては往来の邪魔になる。事実、通行人は邪魔臭そうに私を避けてすれ違っていった。一方、青年に対しては誰も避けようとはしなかった。青年が見えていないかのようにぶつかっていき、すり抜けて、通り過ぎていく。

青年には実体がなかった。

我が目を疑った。

「まさか……本当に？」

「はい。幽霊です」

幽霊はじつに誇らしげにそう言った。

＊　＊　＊

一月の二週目あたりから「正月ボケ」という単語がテレビのテロップや雑誌の見出しなどで度々目につくようになる。「五月病」と並び天気の次に話題にしやすい季節性のお手軽ワードだ。この時期にネットでワード検索を掛けると解消法を紹介するサイトやSNSの投稿がわらわら出てくるが、そういうものを見るにつけつくづく日本人は休むのが下手なのだなあと実感する。たかが数日休んだくらいで日常生活に支障を来すというのは改めて考えてみると恐ろしいことだ。仕事に馴《な》らされている。日本人は、お金のためではなく仕事のために生きていると言っても過言ではない。憐《あわ》れなり、日本の労働者たち。これは直ちに改善する必要がある。政治家には是非ともがんばってもらいたい。

というような評論を斜め読みし、巻矢《まきや》は週刊誌をソファの上に放り投げた。まるで巻矢への当てつけのような記事だった。正月ボケだと？　なんて贅沢《ぜいたく》な悩みだ。こちとら仕事がなさ過ぎていまだに休みが明けていないというのに。休日が常態化しつつあった。このままでは偶《たま》の仕事に張り切って、仕事明けにはうまく休むことができない「仕事ボケ」に陥りそうである。……ばかばかしいと頭を掻《か》いた。

去年の暮れにそれなりに実入りがあったので切羽詰まっているわけではないが、正月が明けても仕事がないというのはいろいろと落ち着かない。ずっとこのままかもしれないという不安もある。そろそろ新年が動き出してもいい頃ではないか。

「仕事探しにいくか」

探偵は事件がなくては働けないし、事件には依頼がなければ係われない。基本、依頼を待つしかないのだが、こういった業界にも御用聞きは存在する。仕事をくれと足《あし》繁《しげ》く通えばいくつか事件にありつけるだろう。仕事がないことを吹聴するようで気が進まないが、背に腹はかえられない。

壁に掛かった黒のロングコートを手に取ったときだった。事務所の玄関から音もなく人影が室内に飛び込んできた。

「ああ、巻矢。ただいま戻りました」

青い目をしたそいつは幽霊で、巻矢に絡みつくように周囲を浮遊した。

「あのなあ、人香《ひとか》。おまえがチャイムを鳴らせないのはわかってる。ドアを開けて入れないのも知っている。だったらせめて大人しく入ってきてくれ。勢いよく飛び込んでくるなといつも言っているだろう」

扉や壁をすり抜けて出入りするため遭遇するたびに死ぬほどびっくりさせられるのだ。——が、それも昔の話。今ではすっかり慣れてしまい悲鳴ひとつ上げることはない。わざと脅かしにきているのならいい加減やめてほしい。うっとうしいから。

「巻矢は寝ていると思ったんです。ほら、仕事していませんし」

「依頼がないだけだ。ほっとけ」

「おや？　もしかして、どこかへお出掛けですか？」

「……古巣にな。仕事を分けてもらいに行ってくる」

すると、人香の目が輝きだした。まるで散歩を期待する室内犬のようだと思った。付いてくるなと言ったところでどうせ聞きやしないのだ、巻矢は半ば観念して外出の支度を続けた。

ロングコートに袖を通していると、

「出掛ける必要はありませんよ。依頼者なら私がいま連れてきました」

「散歩中に取り憑いてしまったんですよ。詳しいことは本人から聞いてください」

両腕で玄関扉を指し示す。訝《いぶか》しげに玄関を開けるとそこにはスーツ姿の中年男性が困り果てた表情で立ち尽くしていた。

「何だと？」

出てきた巻矢にすくみ上がり、しどろもどろになりつつ口にした。

「あの、その……し、信じられないかもしれませんが、ゆ、幽霊に連れてこられてしまい、こ、ここで待っているように言われたのですが。わ、私はそう、怪しい者ではなく」

ああ、こりゃほとんど説明されずに連れてこられたな……。

背後に浮いている人香に恨めしげな視線を送る。

人香は何を勘違いしたのか胸を張った。

「さあ、巻矢。お仕事の時間ですよ！」

面倒な気がしてならない。

しかしまあ、本当に気の毒なのは人香に連れてこられたこの男性のほうだろう。いつまでも恐縮させておくわけにもいかず、親指を立てて室内を指し示した。

「とりあえず上がりなよ。ここ、寒いしな」

＊

男性は『飯山《いいやま》』と名乗った。年齢は四十三歳。ソフトウェアの会社に勤務している一般的なサラリーマンである。

名刺を確認しながら飯山を観察する。挙動不審なのは幽霊に遭遇したせいだろうから差し引くとしても、体の線が細いせいかどことなく頼りなさそうに見えた。白髪が交じった頭髪からはくたびれた印象も受ける。

飯山は出した緑茶にも手をつけず、巻矢をちらちらと窺っている。聞きたいことがあるのだがどう切り出せばいいかわからない。そんな感じだった。

こういうときは経験上、巻矢から説明したほうが理解が早く済むと知っている。気は進まないが、まずは確認からだ。

「飯山さん、幽霊に連れてこられたと言ったが、それってコイツじゃないか？」

手帳に挟んでいた写真を見せる。人香の生前の写真である。青い目と鼻筋が通った整った顔立ち、日本人と西洋人のクォーターは見ればそれとすぐにわかるはず。思ったとおり飯山は「そうです！　このひとです！」と興奮したように大きく頷《うなず》いた。

「そいつはいま見えているか？」

「あ、……いいえ。それがその、まったく。この部屋に入っていったのは確かなのですが。ど、どこにいるのでしょうか」

巻矢は視線を斜め上の中空に向けた。ソファに座る飯山を見下ろす位置に人香は浮かんでいた。飯山には見えていない。玄関からリビングに案内され、巻矢が茶を淹《い》れている間もそこにいたのに飯山は人香を完全に見失っていた。

「いるぞ。そこに。あんたをじっと見つめている」

「ひい！　わ、私は取り憑かれてしまったのでしょうか⁉　の、呪い殺される⁉」

「いやいや。そういう心配はいらない。そいつは波長が合うっていうか、人間的に惹《ひ》かれあうっつーか、そういうひとにだけ取り憑く悪癖があるんだ。大抵そういうひとは切羽詰まった悩みを抱えている。もしかしたら、悩みの種類によって取り憑ける人間かどうか選別されているのかもしれんが、幽霊本人にも原理や理由はよくわからんらしい」

人香は嬉《うれ》しそうにこくこく頷いている。本当に犬みたいなやつだ。尻尾をぎゃんぎゃん振っているのが今にも見えてきそう。というか、何がそんなに嬉しいんだか。

「幽霊の名前は月島《つきしま》人香。害はないから安心してくれ。で、俺は巻矢健太郎《けんたろう》だ。私立探偵をしている。今からこの状況を掻い摘まんで説明するんで理解だけしてほしい。納得する必要はない。正直、俺も腑《ふ》に落ちないことだらけだからな」

飯山は困ったような泣きそうな顔で笑った。……そんな顔するなよ。悪いとは思うが、こっちも説明が難しいのだ。

「まず、人香はあんたに取り憑いたと言ったが、正確には俺の許《もと》に引き寄せられただけだ。人香が真に取り憑いているのは俺にだけで、ほかの人間に人香が見えるときは俺との縁が繋《つな》がったときだけだ。それも『事件』という縁でな」

「事件……」

「あるんだろ？　喫緊の解決したい問題が」

飯山は驚きに目を見開いた。どうやら当たりらしい。前例は過去にいくつもあるので今回もそうではないかと山を張ったに過ぎない。

「人香は何でか事件に引き寄せられる。でも、幽霊だから直接調査ができない。だから俺のところに連れてくる。で、俺が代わりに事件を解決する。事件さえ片付けばあんたと俺との間の縁は断ち切れる。つまり、あんたは幽霊からも解放される。とまあ、そういう流れだ。わかったか？」

「はあ。なんとか。一応」

飯山は狐《きつね》に摘まれたような虚《うつ》ろな表情をしている。状況は理解したが納得できていない様子である。やっぱりな。でも、それは事前に前置きしている。

「実はここからが本題なんだが、飯山さん。俺を雇う気はあるかい？」

「はい？」

当たり屋みたいで大変心苦しくはあるのだが、それはそれ。カモネギを前にして見過ごす馬鹿はいない。事件を抱えて困っている人間を事務所に招き入れておいて黙って追い返す探偵もまたいないのである。

「人香に取り憑かれたのは災難だったが、ここに来たのは不幸中の幸いだったな。うちは探偵事務所だ。『即日スピード解決』が売りで、自分で言うのもなんだがそこそこ評判もいい」

「はあ。……あっ、いや、しかし」

「飯山さんはひとを探しているようでした。時間がないともおっしゃっていました」

人香が口添えした。飯山には当然聞こえていないので巻矢が繰り返す。

「ひとを探しているんだってな。時間がないって話だが、タイムリミットがあるのか？　それともそのひとの身を心配してのことか？」

「ど、どうしてそれを!?」

「幽霊が教えてくれるんだ。そうして集まった情報から俺が推理して解き明かす。幽霊と探偵。面白いコンビだろ？　今なら依頼料は負けておこう」

胡散臭《うさんくさ》いにも程がある、と自分でも思うが、飯山は実際に幽霊を目撃しており巻矢によって夢じゃないことまで証明されている。ここで断れるほど肝の据わった人間というのはなかなかいないもので、飯山もまた苦りきった顔で頷いた。

「あ、あまり大金でなければ……」

声を震わせて泣く泣くといった感じである。……霊感商法だと思われているのなら心外だ。まあ、やっていることはそれに近いわけだが。

「わかった。なら、一万円でどうだ？　調査費用と成功報酬も込みだ。もし探しているひとを見つけられなかった場合は御代《おだい》はいらない。もちろん、幽霊の御祓《おはら》いもやっておく」

御祓いという単語が効いたのか、飯山は顔に若干生気を取り戻した。

「そういうことでしたら、まあ……」

やれやれ。人香経由の仕事は説得から始めなければならないので一苦労である。

そんな巻矢の苦労を知ってか知らずか、人香が嚙《か》み付《つ》いてきた。

「巻矢、ひどいです！　御祓いって、私を悪霊か何かだと思っているのですか⁉　訂正してください！」

ぎゃあぎゃあとうるさく吠《ほ》えてきた。うるせえな。こうでも言わなければ飯山も安心できないだろうに。嘘《うそ》も方便だ。

喧《やかま》しい人香を無視して飯山に訊《たず》ねた。

「で、誰を探せばいいんだ？」

今年最初の仕事が始まった。

＊

「闇雲に探し回るより親父《おやじ》さんの部屋から行き先の手掛かりを見つけ出すほうが早い」

「そういうものですか」

「もちろん必ずしも見つかるってわけじゃないから、過度に期待されても困るがな」

探偵事務所から飯山家までは徒歩で三十分ほどの距離であった。道すがら、飯山の父親が徘徊《はいかい》していないか気を配る。

「話を聞くに、親父さんがひとりで歩き回っているとは思えないな」

「……妻のあの様子だと介護には相当苦労しているみたいです」

言いつつ肩を落とす。飯山の態度と話から察するに、介護に対してよほど理解のないことを口走り妻の反感を買ったようだ。自分の父親のことでもあるから居たたまれなさも倍増といったところか。

「自分の親かどうかはさておいて、障碍者《しょうがいしゃ》と一緒に暮らすんだからそれなりに症状は把握しておくものじゃないのか？ 万が一のとき、対応を間違ったら大変だもんな。そうじゃないのか？」

巻矢の両親は今も健在で、元気だけが取り得と言っても差し支えないほどに健康だった。それもあってか家族を介護するということがどういうことなのかいまいち想像できない。

飯山は自嘲するように笑った。

「自分の父親じゃなかったらきっと詳細に把握したことでしょうね」

「というと？」

「父親だから避けてきた……。そう思います。私は弱りきった父を見たくないのかもしれない」

「仲悪いのか？」

「……どうでしょう。仲がいいとは思いませんが、けんかの一つもしたことありませんから。仲が悪いというのもまた違うと思います」

「なるほどな」

男親と息子ならそんなものだろう。息子が大人になったとき、プライドを尊重しあってお互いの仕事や私生活に余計な口出しをしないものだ。それは親子仲の良《よ》し悪《あ》しの話じゃない。そういうものなのだ。巻矢は介護に関しては無知だが、飯山と父親との距離感には共感できた。

ふと、隣に浮かんでいる人香が口を挟んだ。

「父親を避けるですって？　私には理解できません」

「そうか？　普通のことだと思うぞ」

飯山が怪訝そうに振り返ったので、人さし指で中空を指す。飯山は虚空を眺めて、人香に向けて言ったことを察して「ああ」と頷いた。

人香は悲しげに目を伏せた。

「私の父は子供の頃にいなくなりましたから。こういう話を聞くと悲しくなります」

「そういやそうだったな」

人香は父親とは死別し、一緒に暮らしたことがないと聞いたことがある。父親がいる生活というものに理想を抱いていた。

「まあ、ひとそれぞれだ」

「それはそうかもしれませんが」

「案外、それでうまく回っている家庭もある。気にするな」

巻矢は咄嗟にこの話題を締めた。飯山親子の事情にこれ以上深入りしないためだ。

依頼者に感情移入することは視野を狭めることにも繋がる。探偵に必要なスキルは冷静な判断力と客観的視野だと巻矢は思っている。

思い込みってのが一番厄介だからな。依頼者の所感は話半分に留《とど》めておくべきだ。

「子供に避けられたらお父さんだって悲しいでしょう。飯山さんのお父さんは本当はどう思っているのでしょうか？」

人香がまだ何か言っているが、無視をした。

住宅街に入った。入り組んだ路地を右に左に曲がっていく。似たような家々の前を通り過ぎていき、丁字路に差し掛かったとき飯山が突き当たりを指さした。

「そこの角を右に曲がって二軒目が我が家です。父の代からの持ち家です」

飯山家に到着した。両隣の家に比べて若干こぢんまりとしていたが、二階建てであり、見た目にはごく普通の民家であった。家族四人で暮らすには申し分ない大きさである。

玄関前の駐車スペースにクルマはなかった。柵が開いているので飯山の妻が乗っていったのかもしれない。飯山にそれを指摘すると、思ったとおりの回答を得た。

「うちではクルマはもっぱら妻の所有物です。私は電車通勤ですし、妻には日頃買い物で必要ですから」

「買い物中は親父さんはどうしているんだ？」

「さあ……。行っても二、三時間ほどですから、たぶん寝ているんじゃないでしょうか。父は足が不自由なだけで頭ははっきりしていますからね。数時間ならいろいろ我慢できるでしょうし」

父親に必要な介護は排泄《はいせつ》と入浴、それと車椅子への移乗がメインとされている。確かにこれなら一日中付きっきりになる必要はない。飯山の妻にとっては買い物がストレスから解放される唯一の時間なのだろう。

「で、今日は買い物に出掛けた途端にあんたから親父さん失踪の連絡を受けたわけだ」

「……はい。妻には謝っても謝りきれません」

「まあ、全部が全部あんたのせいだとは言わんだろうがね。親父さんがいなくなるなんて奥さんだって信じられないって言っていたんだろう?」

「はい。車椅子なしであの部屋から出て行けるはずがないと」

「じゃあ、その部屋を早速見させてもらおうか。出て行けるはずのない人間が忽然《こつぜん》と部屋からいなくなる、か。なかなか謎めいているじゃないか。腕が鳴るよ」

「巻矢、それは不謹慎というものですよ。ひとの不幸を楽しんではいけません」

人香の突っ込みも飯山には聞こえていないので、飯山はやはり苦い顔をした。

短いアプローチを渡って玄関へ。飯山がジャケットのポケットから家の鍵を取り出している隙に、巻矢は玄関扉の脇に置かれた空っぽの植木鉢を持ち上げた。予想どおり、玄関扉のスペアキーと思《おぼ》しき鍵が見つかった。

「植木鉢がなければ郵便受けの中か、門扉の内側に取り付けられたフックか。犬を飼っているなら犬小屋の中を探せばいい。大抵そこに合鍵がある」

鍵を戻さずに飯山に手渡す。

「さっき不謹慎なことを言った詫《わ》びだ。防犯上、こういうところに合鍵を隠すのはやめたほうがいい。泥棒はまずそこを見る」

飯山の表情が緊張で引き締まる。鍵を受け取りながら大きく頷いた。

「今後は気をつけます」

「親父さんがいるかぎり留守になることはないだろうけどな」

「そんなことはありません。娘の受験が終わったら家族で旅行をしたいと考えていました。去年はできませんでしたが、今度は父も一緒に」

「そうか。そりゃいいな。なら、なおのこと親父さんを見つけ出さないとだな」

飯山の後に続いて玄関に入る。それほど段差がない上《あ》がり框《がまち》には車椅子用のスロープが掛かっていた。また、普段から家族が履く分しか置いていないのだろう、靴は一足も見当たらなかった。

「親父さんを外に連れ出すことはよくあるのか？」

「え？　いえ、ありませんが。なぜですか？」

「車椅子で外に出ようと思ったらまず靴が邪魔になるだろ。出掛けるたびに家族の靴をいちいち靴箱に仕舞うのも面倒だしな。もし親父さんが頻繁に外出しているなら、その日履く靴だけを靴箱から取り出すように家族で取り決めているんじゃないかと思ったんだ。そうすれば、このとおり靴が一足も置いてない状態になる」

どんなに綺麗《きれい》に片付けた玄関であっても靴が一足もないのは不自然である。最低でも来客を出迎えるための突っ掛けくらいは置いてあるものだ。

意図的にこの環境を作り出そうとするならば家族の協力なしには生まれない。

「ええ。そのとおりです。いつ父が外に出てもいいようにと家族で話し合って決めたんです。ですが、父はここ数ヶ月間、一切外に出ようとしませんでした」

「出ようとしない？　あんたが知らないだけじゃなくて？」

「はい。妻は折に触れ父を散歩に連れ出そうとしていたのですが、毎回断られるのだそうです。日の光を浴びないのは体に悪いんじゃないかと妻も心配していました」

「ふうん。外に出たがらない、か」

なのに、今日は外に出た。何か理由があったのだろうか。

「こっちです」

玄関を上がってすぐ右の襖《ふすま》が父親の寝室だった。畳敷きの和室で、部屋の中央にはベッドが設置されている。ベッドで二分した部屋の手前の壁際に箪笥《たんす》が一つ。ベッドの脇には自操用の電動車椅子が置かれていた。奥側はベッドと窓の間に少し隙間があるだけで家具は置かれていなかった。

不意に、い草の真新しい匂いが薫った。匂いの許を辿《たど》ると、襖の上に神棚が取り付けられていて、青々と新鮮な注連縄《しめなわ》が掛かっていた。

「この部屋から親父さんはいなくなった」

「はい」

足の不自由な老人が移動手段を残したままこの部屋から出て行った。はたしてそんなことが可能なのか。

車椅子を調べる。タイヤに汚れは付いていない。飯山の言うようにまったく外に出ていないようだ。電源のスイッチを入れたが作動しなかった。

「親父さんの車椅子はこれ一台だけか？」

「それ一台だけです。電動で少し高価なものですから。何台も所有できません」

部屋の半分近くを介護用ベッドが占有していた。ベッドの上の掛け布団はめくれ上がっていて、そこには父親の寝間着と思しきパジャマが畳んで置かれていた。

「このパジャマはあんたが？」

「……いいえ。いま気がつきました。たぶん父だと思います。すごく几帳面《きちょうめん》なひとですから」

「寝たきりだと聞いていたけど着替えるんだな」

「そうですね。出掛けないからといって身嗜《みだしな》みを疎《おろそ》かにするようなひとではありませんでしたから。率先して着替えていたと思います」

一日の大半をベッドで過ごしても、ずっと寝間着でいられるほどズボラではないということか。

「ひとりで着替えられるものなのか？」

「え？　さ、さあ。あの……それ、いま関係ありますか？」

「親父さんひとりで着替えたか、奥さんが着替えさせたのならいいんだ。でも、家族も知らない第三者が留守宅に侵入してきて親父さんを連れ去ったのだとしたら……」

「なっ⁉」

「その場合、親父さんはそいつに身を委ねてパジャマから着替えたことになる。それなりに信頼できる人間ってことでもあるし、まあ、心配いらないのかもしれないが」

それでも可能性の一つだ。飯山は「後で妻に訊いてみます」と顔を青くしていた。

ほかに目についたのは介護用ベッドのサイドレールに貼られたメモ紙の数々。処方する薬の用量や服用する時間、注意書きなどが達筆で書かれてあった。飯山の父親が自分で書いたものだそうだ。

さらに、ベッド脇に置かれたゴミ箱。スーパーのレジ袋を内側に敷いてあるが、中身は空っぽだった。毎朝、父親の言いつけで奥さんが中身を回収するらしい。そのことを「神経質すぎる」と前に奥さんが愚痴っていたと飯山は話した。

そして、枕元に置かれたスマホである。電源を入れると画面ロック解除のパターン入力を求められた。老人とは思えないセキュリティの堅さだ。

「父はもっぱら動画投稿サイトを観《み》ているそうです。あ、本や雑誌も電子書籍で読んでいるんだっけ」

「なるほどな。この部屋にモノが少ないわけだ。よく見りゃテレビや文庫本もない」

パターン解除のヒントがないのでスマホを開くのは諦める。どちらにせよ、スマホがここにあっては本人に直接連絡を取ることはできないし、仮にＧＰＳ機能が付いていたとしてもそれもここにあっては無意味である。

「確認してほしいことがある。普段通っている病院と、あと最寄《もより》のタクシー会社に電話してくれないか？　この家に救急車かタクシーを一台手配していないかどうか」

飯山は眉間にしわを寄せた。それを失念していたといううっかりと、救急車という単語に嫌な想像をかき立てられたからだろう。

「わ、わかりました。妻にも確認してきます」

「頼んだ。こっちはほかに手掛かりがないか探してみるよ」

飯山はキッチンに向かった。緊急時の連絡先を貼り付けておく場所は冷蔵庫だと大体相場が決まっている。家族の目が最も触れやすい場所の一つである。

家主がいなくなり、改めて室内を見渡した。

「人香、出番だぞ。これだけ几帳面な人間ならほかにも手掛かりを残しているはずだ」

「やれやれ。幽霊遣いが荒いんですから」

それまで黙って宙に浮いていた人香だったが、言葉とは裏腹にどこか嬉しそうだった。

透過ができる人香はこういった家捜しにはもってこいなのである。

＊

人香がこれぞとばかりに見つけた物は、鉄アレイとハンドグリップの筋トレ器具、薄汚れたタオル、そして黒い手帳。この三種類だった。筋トレ器具はベッドの下に。タオルはベッドフレームとマットレスの間に。手帳は枕の下に。それぞれ隠すように仕舞われていた。

「……これらが失踪の原因に繋がると思ったのか？」

「さあ。でも、なんとなくピンと来たんです。あ、これは大切なものだ、って」

人香は自信ありげに口にした。巻矢は頭を掻いた。

探せと命じたのは巻矢だが、目についた物なら何でもいいと言った覚えはない。手帳はわからなくもないが、筋トレ器具？　タオル？　それが失踪と何の関係が……。

「……」

「何か閃《ひらめ》きましたか？」

顔を覗《のぞ》き込んでくる人香から視線を逸《そ》らし、ベッドに載せたそれら三種類のアイテムをじっと見つめる。何らかの筋道を見つけられそうな気がした。

「この鉄アレイ、三キロですよ。三キロってどの程度でしたっけ？　ご老人には少し重くありませんでしたっけ」

人香は透けて触れない鉄アレイに何度も手を伸ばした。幽霊が物に触れないのは本当だった。だからといってポルターガイストのような物を浮かせる真似《まね》はできないらしい。

物に触れられないというのはきっと寂しいことだろうと思う。感触や温度がわからないのだ、それは翻せば自分の存在の希薄さを突きつけられることでもある。ここにいるのにここにいない。実体がないことは恐ろしいことでもあった。

以前はできていたことができなくなる恐怖。

同じ空間にいるのに、いないということ。

疎外感。

「巻矢？」

よくわからない感情に支配された。巻矢は頭を振って雑念を払った。

ひとまず三種類のアイテムに着目しよう。人香は思考ではなく直感で物事を決めるきらいがある。しかしその直感も馬鹿にできなかった。これまで巻矢は何度もそれに助けられてきた。おそらくこれらも大切なヒントになるはずだ。

「鉄アレイとハンドグリップ。単純に考えれば腕力と握力を鍛えるための物だ。寝たきりだと一層老化が進むからな。老化防止になるし、車椅子を漕《こ》ぐにも筋力は必要だ。それ以外の目的は思いつかん」

「そうですね。健康のためにはいいですが。あれ？ でも、車椅子は電動で動くんじゃないですか？」

「いや、手動と切り替えができるらしいぞ。でも、これ壊れているみたいなんだが」

改めて車椅子を確かめる。操作レバーが付いたボックスの側面にある電源スイッチをオンにする。だが、車椅子が作動した気配はない。

「充電が切れてるのか？ バッテリーの不具合か？」

「壊れているのなら置きっぱなしになっていても仕方ないですね」

飯山の父親がどんな方法で部屋から出て行ったにしろ、この車椅子だけは最初から使用できなかったわけだ。

「何ヶ月も使われていなかったみたいですし、充電されていなかったのでしょう」

「ああ。そうかもな。……いや、待て？　このタオル」

薄汚れたタオルに鼻を近づける。

「そのタオルがどうかしましたか？　ただの汚いタオルにしか見えませんが」

「おまえが手掛かりになりそうっつって見つけたんだろうが！　まあいい、おまえもこれの臭いを嗅いでみてくれ」

「え？　何を拭いたかわからないじゃないですか。嫌ですよ」

「……おまえ、本当に捜査に向いてないよな」

よくそれで探偵事務所にやってこられたものだ。……いや、人香は巻矢に取り憑いたのであって、巻矢の職業は関係ないのであった。それはそれで迷惑な話だが。

「土の臭いがするんだよ。たぶん車椅子のタイヤを拭いたものだろう」

この部屋の中で土汚れが付きそうな物と言ったらタイヤくらいしかない。指摘を受けても「はあ。そうでしょうね」と人香はきょとんとしている。

「しかもこれ、つい最近使ったタオルだ。少なくとも二週間以内にな。親父さんが乗ったのかどうかわからんが、この電動車椅子は今月の間に確実に外を走っている」

「え⁉　どうしてわかるんですか⁉」

「ばかやろう！　顔を近づけるな！」

人香の顔がぎゅんと接近してきた。ぶつからないとわかっていても、ぶつかりそうになれば咄嗟に腰が引けてしまう。というより、間近に迫った野郎の顔なんて見たくない。

振り払おうとも巻矢の拳は人香の体をすり抜けていく。人香は距離を詰めたまま子供のように何で何でと繰り返す。

「飯山さんは、お父さんは数ヶ月もの間外に出なかったと言っていたではないですか⁉」

「落ち着け！　俺も言っただろう！　親父さんが乗ったかどうかはわからんって！でも、この車椅子は確かに外に出た。それもつい最近な。そして、そのとき付いた汚れをこのタオルで拭いたんだ」

「むむむ。そう言い切るからには何か物証があるのでしょうね？」

「物証ってほどじゃない。でも、憶測なら立つ」

「待ってください。私も考えます。巻矢にはわかるのに私にはわからないなんて、いつもいつも悔しい。今日こそは追いついてみせます」

何を張り合っているのか、と呆れてしまう。こいつ、今がどんな状況か忘れていやしないか。

「このタオルがヒントであるのは間違いありません。土の臭いがすると巻矢は言いましたね。もしや、土の臭いからタオルで拭き取った正確な日時が割り出せる⁉」

「そんな特殊なスキルがあったらもっと別の職業に……。いや、ないな。そのスキルを活《い》かせる仕事がこの世の中にあるとは思えん」

夢は広がらないし、そんなスキルだってもちろんない。

「タオル……土……臭い。こんなの、最近だろうと数ヶ月前だろうとタオルに付いた臭いなんて大して変わらないと思います！」

「さあな。よくわからんが、湿気とか付着物とか、時間の経過やら、いろいろな要素から多少は臭いも変わると思うぞ」

たとえば水気が多ければ腐りやすいので、時間の経過によって異臭に差は出るだろう。もっとも、土汚れを拭いただけのタオルにそこまでの違いが出るとも思えないが。

「よくわからんが、って、臭いは関係ないってことですか。うん、いよいよわからなくなってきました」

お手上げとばかりに空中で一回転する。どんなに部屋が狭くてもアクロバティックに感情を表現できるのはちょっと羨ましい。

「では、何を根拠にこのタオルが最近使われたものだと見抜いたのですか？」

「そう改まって訊かれると話しづらいな。大したことじゃないし、失踪に関係するかも怪しい。だがまあ、せっかくおまえが見つけた手掛かりだ。一応の筋道は付けておこう」

「何です？　その言い訳じみた前置きは」

さっき、今がどんな状況か忘れていないか、と人香を内心で責めたことに若干の後ろめたさを覚えたのだ。事件に関係しないのであればこれは単なる推理ごっこでしかない。

とはいえ、自分から言い出した手前、人香を悶々《もんもん》とさせておくのもまた忍びない。

種明かしは実に簡単なものだった。

「神棚を見てみろ。注連縄が掛かっているだろ」

「ああ、本当ですね。意識していませんでした」

「そうなのか？　俺は部屋に入ったときにすぐ気づいたぞ。い草のいい匂いがした。張り替えたばかりの畳の匂いってのもそうだが、こういうのはすぐにわかるもんだ。それで俺は、あの注連縄は正月に取り替えたんだろうな、と思った」

「正月……」

「正確に言えば、旧年の大掃除のときだろう。年神様をお迎えするのに神棚を綺麗に掃除するのは習わしだ。寝たきりの親父さんが掃除をしたはずがないから、奥さんか孫にでも頼んでやらせたのかもしれん。きっとこの部屋の大掃除もな。毎朝ゴミ箱の中身を捨てさせるくらい潔癖症の親父さんだ——ああいや、神経質といったほうが正しいのかもしれんが、そんな親父さんが旧年のゴミを新年跨《また》いでも残しておくとは思えない」

そのゴミとは、もちろんこの薄汚れたタオルである。

「飯山さんの記憶では、最後に車椅子で外出したのは数ヶ月も前のことだ。そのときからこんな薄汚いタオルを後生大事に取っておいたってか？　ありえんだろ」

「亡くなられたお母さんの形見かもしれませんよ？　捨てるに捨てられなかったとか」

「だったらなおさら大切に仕舞っておけ。タイヤなんか拭かずにな」

それもそうですね、と人香は反論をあっさり引っ込めた。

「ああ。だから、タイヤの汚れを拭き取ったのは年が明けた今月——つまり一月の間、となるわけですか。確かに二週間以内ですね」

「タオルをいまだに捨てていないのは家族に見られたくないからだ……」

マットレスの隙間に隠すように仕舞われていたのは、明らかにそれが理由である。

「話しながら思ったんだが、車椅子で外に出たのはやはり親父さんだと思うぞ。ほかの人間が使うにしても理由がないし意味がわからん。仮に誰かに貸していたのだとしても、それは家族で共有されるべき情報だ。飯山さんはそんなこと一言も言っていなかった。それよりも、親父さんが家族の目を盗んでこっそり外に出ていたと仮定したほうがしっくりくる」

「ですが、お父さんはひとりで車椅子への移乗はできないはずです」

「数ヶ月前ならそうだったかもしれん。しかし、いつから体を鍛えていたのか知らんが、最近になって自力で車椅子に乗れるようになっていたとしたら？」

お誂《あつら》え向《む》きに玄関は常に片付いていて靴に走行の邪魔をされることがない。飯山の奥さんが買い物に出掛けている数時間の間ならこっそり外出することも可能だ。

なぜ内緒にしているのかはこの際どうでもいい。父親の都合は見つけ出したときに問い詰めれば済むことだ。

「仮に巻矢の言うとおりだとして、結局最初の問題に行き当たりませんか。では、お父さんは車椅子を使わずにどうやってこの部屋から出て行ったのか？」

まさか体を鍛えすぎて自分の足で立って歩くところまで回復した、なんてことはないだろう。それを隠しておく理由もない。

まだ手掛かりは残されている。

巻矢は手帳を手に取った。高齢男性が好みそうな革張りのクラシックなデザインだ。しかし、それほど厚みはなくサイズも新書版ほどの大きさしかない。

「人香はもう中は見たのか？」

「いいえ。まだです。さすがに日記を盗み見るのは気が引けます」

見つけてきたくせに何を言う。だが、見つけたことには感謝だ。

幽霊は閉じている本でも中身を読むことができた。仏壇に食べ物だけでなく、日記や家族写真を収めたアルバムをお供えすることはよくあるが、あれも幽霊にはきちんと伝わっているという。実際、人香は閉じた本の内容を言い当てて巻矢を驚かせたことがある。そのとき、この力は仕事の役に立つ、と巻矢は大いに喜んだものだった。

手帳を開く。日付とメモ欄がくっ付いたスタンダードなスケジュール帳であった。去年と今年の二年分の予定を書き込めるタイプで、厚みがないだけあって書ける内容は一日につき一行だけ。

ほとんどのページが白紙だった。ぱらぱらと捲《めく》っていき最近のページを開く。

今年の一月。今日の日付に☆マークがしてあった。来週にも水曜日と金曜日に☆マークが付いている。先週は月曜日にだけ☆マークがあった。

「何のマークだ？」

「今日いなくなったのと関係あるんでしょうか？」

日付を遡って☆マークを追っていく。十二月にも☆マークはあったが、十一月からぱたりとなくなった。☆マークは大体週に一つか二つ付いており、すべて平日だった。

さらに遡る。すると八月の十三、十四、十五の日に連続して☆マークが記されていた。それ以前には一度も☆マークは付いていない。

「それと、途中で気になる書き込みがありました」

「ああ、九月だろ？『携帯電話の機種変更。スマホに』と『器具購入』と二日立て続けに書き込んである。それまでガラケーでも使ってたのかな」

「『器具購入』の上のところにコレ、なんて読むんでしょう？」

そこには力強く「克己」と書かれていた。

「コッキだな。中国の論語に登場する熟語だ。克己復礼を仁と為《な》す。私利私欲を抑えて社会規範に適《かな》った行いをすべし、みたいな意味だ。克己だけ書かれてあるときは一意専心とかそういう意味合いで使われることが多い。よそ見をせず最後までやり抜く、といったニュアンスだな」

「く、詳しいんですね……。もしかして、知らないの私だけですか？」

「そんなことないだろ。こういうのは集中力の足りないやつが自己暗示に使っているだけだ。そもそも必要ないやつには無縁の熟語だろうよ」

受験生が勉強部屋の壁に貼る標語の第一位ではないかというくらい浸透している熟語である。巻矢にも覚えがあったので由来を知っていたにすぎない。

「親父さんの場合、座右の銘にしていてもおかしくないけどな。『器具』ってのは筋トレの器具を指していると見ていいだろう。てことは、何かしら目標を立てて体を鍛え始めたってことだ」

「車椅子への移乗でしょうかね」

「それだけとも限らんが、目標の一つだったとしてもおかしくないな」

さて。いろいろと見てきたが、結局のところ父親がどうやって部屋から抜け出せたのかその方法はわからないままだ。

何かが足りないのか、それとも踏み込みが甘いのか。

これらがヒントになりうる保証はどこにもない。もしかしたらまったく見当違いの物から推理を広げている可能性もある。だが、そんなものだ。探偵はあり合わせの手掛かりから正解を導き出さなければならない。

性だ。

「上半身を鍛え、今では車椅子があれば、家族が留守の間に外出することができる。だが、今この場には電源が入らない車椅子だけが残されている。どうやって外に──」

はっとして手帳を、そしてスマホを交互に見つめた。

俺ならどうする？

簡単じゃないか。

自分のスマホで調べてみる。──二十四時間見守り介護サービス。やはりこういった商売があるようだ。

飯山が戻ってきた。

「何社かタクシー会社に問い合わせてみたところ、うちからの配車依頼はありませんでした。病院も同様でした」

そうだろうな、と巻矢は思った。タクシー会社はともかく、病院が患者を救急搬送しておいて家族に何の連絡も入れないのはおかしい。

「一応、妻にも確認を取りました。病院から連絡は受けていないとのことです。まあ、病院から連絡がいっていれば私の許にも回ってきたはずですからね。妻はいま町内をクルマで見回ってくれています」

「着替えについては訊いてくれたか？」

「あ、はい。午前中に妻が手伝って済ませたみたいです」

飯山は少し表情を弛《ゆる》めた。他人が留守宅に侵入したのではないと安心したようだ。

まあ、それもぬか喜びだと思うが。

「一つ訊きたいんだが、去年の夏、お盆の時期に家族で旅行しなかったか？　たぶん奥さんの実家かどこかに。親父さん抜きで」

「え？　は、はい！　行きましたが、どうしてそれを⁉」

「娘の受験が終わったら旅行に行きたいみたいなことを言ってただろ。そのときに、今度は父も一緒に、と言っていた。これって、以前にも旅行の話があってそのときは親父さんは一緒じゃなかったというふうに受け取れる。で、この手帳のお盆の三日間には☆マークが付いている。何のマークだろうと思っていたが、その後にも週一か週二のペースで同じマークが付いている。これ、もしかして出張介護サービスか何かの予定日を表すものじゃないか？」

飯山は父親の手帳があることも知らなかったので、その説明もしておく。

飯山は首を横に振った。

「確かにお盆の時期に介護サービスを頼んだことならあります。父が妻に気を遣って妻の実家に帰省させたんです。父は施設に行ってサービスを受け、そのまま三日間そこに宿泊しました。でも、それ以来そこのサービスを頼んだことはありません。妻ががんばってくれましたから」

お盆の三日間だけだという。だとしても、その後にも同じ☆マークが付いているということは、その日に介護施設か担当したヘルパーが係わった可能性が高い。

「施設に問い合わせてみてもいいんだが、ちょっと試してみたいことがあってな」

父親のスマホの電源を入れる。ロック解除のパターン入力画面が表示された。

「克己」の字は『器具購入』の上ではなく『携帯電話』の下に書き込まれたものだとしたら——。

縦横3×3の九つの点を「己」の書き順どおりに指でなぞると——ロックが解除されホーム画面に移行した。やっぱりだ。この几帳面な老人がパスワードをメモしておかないはずがない。

目についたメッセンジャーアプリを開き、ほれ、と飯山にスマホを渡した。

「あんたが会社から帰ってくる直前に親父さんは誰かと通話していたみたいだぞ。今からそいつに掛けてみろ」

飯山は目を丸くした。巻矢はにやりと笑った。

「親父さんに新しい車椅子を持ってきたのはたぶんそいつだ」

＊

飯山の父親は徒歩で十分圏内の場所にいた。緑地公園外周の遊歩道をゆったりと散歩していた。

駆けつけた巻矢たちが気に入らず、車椅子でひとり先を自走している。

呆気《あっけ》に取《と》られる飯山の横で、五十代くらいの女性がくすりと笑った。

「もう帰ろうかというところだったのよ。まさか一足早く息子さんがお家に帰ってくるとは思わなかったから。当てが外れちゃって拗《す》ねているんだわ」

意外だったのは飯山も同じだったろう。寝たきりだった父が、家族の留守中に外で女性とデートをしていたのだから。

事の顛末《てんまつ》はこうだ。女性とデートの約束をしていた父親はしかし、バッテリーの不具合で車椅子が作動しなくなり、途方に暮れていた。そのことを電話で告げると、女性は偶々《たまたま》使わなくなった電動車椅子を持っており、それを押して飯山家までやってきた。電話の指示どおりに植木鉢下の鍵を取り出して玄関を開け、父親の部屋まで車椅子を運び入れる。父親はその車椅子に乗ると女性とともに散歩に出掛けた。

巻矢が予想したとおり、父親は第三者の手で外に連れ出されていた。

「スパイごっこをしているみたいでドキドキしちゃった。でも、心配を掛けさせちゃったのなら申し訳ないことをしたわ。ごめんなさいね」

女性は御手洗《みたらい》と名乗った。介護ヘルパーで、飯山家の徒歩圏内に住まいがあるご近所さんでもあった。

「――うん。心配いらない。これから連れて帰るから。うん。はい」

父親が見つかったことを妻に報告し、飯山は電話を仕舞った。そして、

「ずっと父の付き添いを？」

改めて御手洗に訊ねた。

「ええ。夏に飯山さんの担当をして、そのときから仲良くさせて頂いているの。でも、そのあと私の母が倒れてしまって、しばらく休職することになって……。十二月に母が亡くなってからは空いた時間に飯山さんのお散歩に付き合うことになった。私も独り身で退屈していたし、飯山さんもあまりご家族に甘えられないひとみたいだったか

ら、お互いに丁度いいかと思って」

「私からしたら御手洗さんのような、その……友人の方に頼っていることすら意外です。父は自分に厳しいひとですから」

「そうね。見ていてわかるわ」

さらに遠くまで先行する父親に苦笑する。息子にガールフレンドの存在がばれてばつが悪くなり、ひたすら逃げる姿は子供じみていた。

傍らでは巻矢が別のことで呆れていた。車椅子を走らせる父親と並走するように人香が飛んでいたのだ。

でもね、と御手洗が寂しそうに言った。

「自分に厳しいからといってそれほど強いわけでもないの。飯山さんも奥さんを亡くされた悲しみをずっと引きずっている。その頃から臆病にもなっていたと思うの」

「臆病？」

「和孝に拒絶されるのが恐い、って言っていた。和孝ってあなたのことよね？」

飯山の目が驚きに見開いた。その言葉は意外なものだったらしい。

「拒絶って……。父がそんなことを言ったんですか？」

「先日、散歩中にね。少しだけ認知症が現れたのかもしれない。あのひと、車椅子を押す私のことをナオコって呼んだの。ナオコはあなたのお母さんの名前かしら？」

　ちなみに私は初恵《はつえ》ね、と御手洗は補足した。

　飯山は感じ入るように何度も頷いた。

「飯山尚子《なおこ》は母の名前です。母が亡くなってから父がその名前を口にしたのを聞いたことがありません。母の死を平然と受け入れていたように見えました」

「きっとやせ我慢をしていらしたのね。私をナオコさんだと思い込んだあのひとは弱音を口にしていた」

　――尚子、覚えているかい？　和孝がずっと小さかった頃のことだ。家族旅行に出掛けて、和孝が転んで膝を擦り剝いたことがあったろう。

　あのとき僕は和孝を冷たく突き放した。痛みに耐え、自力で立ち上がれる強い子供に育ってほしかったからだ。

　でも、最近、思い出すんだ。あのときの、必死に手を伸ばす和孝の姿を。父親に突き放されて絶望しきった顔を。

　あの姿は今の僕だ。

　あの顔は和孝に見放されたときに浮かべる僕の顔だ。

僕は和孝に助けを求めるのが恐い。自分で起き上がれと言われるんじゃないかって恐くなる。

だから僕は、あの家では誰の力も借りたくないんだ。

また自力で立って歩きたい。

和孝に見放されたくない。


「……見放すだなんて」

飯山は声を詰まらせた。弱りきった父を見たくないと言った飯山である、父親の本音に戸惑いを隠せずにいた。

「以前はできていた当たり前のことが人の手を借りないとできなくなるっていうのはね、私たちが想像するよりも何倍も辛《つら》くて苦しくて悲しいことなのよ。飯山さんは生真面目なひとだからさらに心に負担を掛けている。支えが必要だと自分でもわかっているのに、その支えを突っぱねちゃう」

だから放っておけなかった、と御手洗は言った。

不意に、飯山の父親があの和室のベッドで横たわっている光景を思い浮かべた。あの家の中でひとりだけ置き去りにされたような錯覚。

自分だけ別の世界に放り出されたような疎外感。

鉄アレイに触れられなかった人香も似たような悲しみを抱くのだろうか。

「ねえ。最後にお父さんの手を握ったのいつだったか覚えてる？」

「え？　……いえ、覚えていません。父はあんな性格ですし、私も父のことが恐かったですから」

「そう。大人になったらなおのこと触れる機会なんてないものね。私も母の介護をしていて、その手を摑んだときに思い出した。最後に母の手を握ったのはね、私がまだ十代の頃に風邪を引いたときだった」

「……」

「あのひとを、──お父さんを助けてあげて。ね？」

うつむく飯山の肩に、御手洗は優しく手を掛けた。

＊

「おふたりには迷惑を掛けたかもしれませんがね、こちらから頼んだ覚えはありません。お礼は言いませんよ」

そう捨《す》て台詞《ぜりふ》を残して飯山の父親は去っていった。何度も頭を下げる飯山にも別れを告げると、巻矢と人香は緑地公園を後にした。振り返れば、先行する車椅子の後を飯山と御手洗が小走りで追っていた。御手洗が仲を取り持ったとしても、あの親子が素直になるのはまだまだ先のことになりそうだ。

「結局、御代は受け取らなかったのですね」

「まあな。何もしなくても親父さんはいずれ帰ってきてたんだ。金は取れないよ」

「お人好《ひとよ》しですねえ、巻矢は」

人香がくつくつと愉快そうに笑うと、巻矢は仏頂面になった。

「これは探偵としてのプライドの問題だ」

自分の力で解決した気がしない。ただ状況を明らかにしただけだ。

「でも、飯山さんには良《い》いことだったと思いますよ。——そうだ、聞いてください巻矢！　飯山さんのお父さんに質問したら答えてくれたんですよ！　私の声が届いたんです！　あのお父さん、霊感があるのかもしれません！」

呆れたやつだ。外周を散歩しているときに付いていっていたのはそんなことをしていたからか。

「親父さん、認知症の気があるって話だったよな」

「きちんと受け答えをしてくれました！　だから私は言ったんです！　どうか息子さんを頼ってくださいと！　息子さんはお父さんのことを心配していますからと！　そうしたら、お父さんは私にこう言ったんです！　僕が決めることじゃない、和孝が」

「いい、いい。どうせ老人の戯言《たわごと》だ。いいか？　そういうのはあのひとたちだけの問題だ。探偵が介入することじゃない。親父さんも大きなお世話だって言ってただろ」

人香がしつこく付きまとうからあんな捨て台詞を吐かれるんだ。

おふたりには迷惑を掛けたかもしれませんが――。

「……」

それはつまり、父親には人香の姿が見えていたということにならないか。

「巻矢？　どうかしましたか？」

「別に。あの親父さんと違って、おまえはあれしろこれしろうるさいよな、って思っただけだ」

「あ、ひどい！　私がワガママを言ったことがこれまでありましたか⁉」

「数え切れないほどあるわ！　あれ食いたいこれ食いたいっていっつも高価なお供え物ばかり要求してくるのはどこのどいつだ⁉」

「ま、巻矢があまりにも偏った食事をするからです！　私は巻矢の健康を常に考えているのですよ！」

「見え透いた嘘を吐《つ》くな、ばか！」

大切なことだけ何も言わないのは実におまえらしい。

巻矢に取り憑いたわけを話してくれるのも、まだだいぶ先のことになりそうだ。

＊　＊　＊

それから、私たちの生活はほんの少しだけ変わった。

妻は相変わらず内職に介護にあくせくと働き、昼間の食料の買い出し兼ドライブでストレスを発散しつつ日々を乗りきっている。

娘は早いうちに第一志望校の受験に合格した。卒業までの間、同じく受験から解放された友達と毎日遊び歩いている。春休みには家族で旅行しようと持ち掛けてみたが、友達と遊んでいるほうがいい、と断られた。

父は御手洗さんとの交際が順調なのかほとんど毎日外出している。私にばれたことで開き直り、御手洗さんを自宅に招くこともあるそうだ。そんなとき、妻はどう接したものか戸惑うようだが、介護のノウハウを教えてもらえるのでありがたがっている。

そして、私は。

「父さん、リハビリの時間だよ」

和室でくつろいでいた父は嫌そうな顔をするものの、渋々私の介助を受け入れる。最近、仕事が早く上がれることが多くなり、可能なかぎり父のリハビリに付き合うようになった。風呂と下の世話だけは今でも頑《かたく》なに拒絶されているが。

「おまえの手だけは絶対借りりんと思ったのに」

つたい歩きの練習中もぶつぶつと文句を垂れていたが、私は父の体を支えながらその文句を聞き流す。

恐々と手を取り合って、私たちのリハビリは続いていく。

（了）

第二話　怪談と沈黙

去年の夏のことだ。サークルメンバー四、五人で宅飲みをしたんだ。そうそう、加藤《かとう》の家。あいつのアパート、ボロいけど広くてコンビニも近いから快適じゃん？　よく飲み会の会場に使わせてもらってるんだ。

で、始発が動きだす時間になって俺、ひとりで帰ったんだ。その日夕方からバイトがあったんで一旦自分んちに帰って寝直そうと思って。

駅に向かって歩いてた。でも、朝からめっちゃ暑くてさ、酒もだいぶ入ってたから途中で気持ち悪くなっちゃって。こりゃ電車に乗ったら吐くなあ、って確信してさ。ちょっと道から外れるけど、神社に寄り道しようと思ったんだ。酔い覚ましに。ほら、大学の裏手にある神社だよ。石段が長いさ。あそこ日陰もあって涼しそうだろ？

でも、行ってすぐに後悔したね。石段は長いしまっすぐ歩けないしで難儀したよ。汗もだらだらかいてさ、余計気持ち悪くなっちゃって。涼みにきたのに何やってんだろうって我に返ったよね。ンでも、せっかく境内まで上ったからさ、お参りしてから帰ろうと思ったんだ。

賽銭箱《さいせんばこ》の前で、手提げカバンが邪魔だったから一旦それを地面に置いて、お金を入れた。二礼二拍手一礼。何をお願いしたのかなんて正直記憶にない。ただ、めちゃくちゃ眠かったのだけは覚えてる。

カバンを拾って石段を下りていく。

早朝っつっても夏だしさ、めっちゃ明るかったし蟬《せみ》もミンミンうるさかったな。

だからってわけじゃないけど、油断していたんだ。

幽霊が出るなんてまったく予想もしていなかったんだよ。

石段を下りている途中だった。後ろから、ぽんぽん、と肩を叩《たた》かれた。振り返ると、そこには小学生くらいの小さな女の子がいたんだ。

そりゃあびっくりしたよ。なぜって、音もなく後ろに立っていたんだから。普通、足音とかするもんだろ？　全然だよ。もし、境内から追いかけてきたんなら絶対駆け足が聞こえてたはずだもん。でも、足音はしなかった。ていうか、境内には人っ子一人いなかったんだ。どこから現れたんだって思ったね。

ちなみに言っておくぞ？　石段から境内、そして拝殿までは一本道で別の入り口はないからな？　そりゃ、境内にいたその子に俺が気づかなかっただけって可能性もあるにはあるけど、それにしたって不気味じゃないか。

女の子の格好？　普通の洋服だったよ。たしかズボンみたいなやつ穿《は》いてた。何つーんだ、キュロットスカートっていうんだっけ？　ちょっと派手な色味でさ。まあ、イマドキの小学生って感じだったな。

それから俺のことをじっと見下ろしてきて、口だけ動かして何か喋《しゃべ》った。

こう、声を出さずに口だけパクパク動かして。

そしたら急に、どん、って俺のこと突き飛ばしたんだ！

嘘じゃないって！　いやまあ、怪我《けが》とかはしてないけどさ、石段を四、五段転がり落ちたんだ。一番下まで落っこちなかったのは単に運がよかっただけで、下手したら大怪我してたかもしれないな。

で、慌てて顔を上げたらさ、もうそこに女の子はいなかった。本当さ。煙みたく消えちまっていたんだ。

代わりに、目の高さにある石段に俺の財布が落ちていた。

財布を見てハッて気づいたんだ。いつもはカバンに入れている財布だけど、さっきお参りしたときはカバンと一緒に地面に置いたんだ。お参りが済んだらカバンだけ拾って境内を出た。つまり、そのままだったら財布は境内に落ちてたままだった。

もしかして、さっきの女の子はこれを届けにきた？

もしかしたら、さっきの女の子はこの神社の神様？

それとも――。

つってもよ、石段から突き飛ばされたんだぜ？
一歩間違ってたら死んでいたかもしれなかったんだぜ？
神様なんて上等なもんじゃない。
あれは悪霊とか怨霊とか、そういった何かだったんだよ。

＊　＊　＊

牧原《まきはら》つぐみが最初に違和感を覚えたのは小学校五年生のときだった。それまでにも似たような現象をよく目撃していたのだが、はっきりと意識したのは十一歳の誕生日でのことだった。

つぐみは友達が多かった。クラスの中心的人物というわけではないが、中心グループの中には必ず入っていた。リーダー格の子になぜかよく気に入られるのだ。そうすると、その取り巻きの女子とも自然と仲良くなり、そうやって友達の輪が広がっていった。つぐみの誕生日が近づくとリーダー格の子が「お誕生日会を開こう！」と決まって提案してくれるので、毎年、たくさんの友達が祝福しに駆けつけてくれた。

両親や祖父母、兄弟たちも交えて庭でバーベキューをするのが恒例だった。バーベキュー目当てに参加する友達もきっといただろう。でも、みんなで楽しく過ごせるなら名目なんてどうでもよかった。ケーキは大勢で食べたほうが美味《おい》しいに決まっている。

――あれ？　あんな子いたっけ？

そんな中、見覚えのない子供が交じっているのに気づいた。去年も一昨年も同じようなことがあった。そのときは兄や弟の友達だと思い気にしなかったのだが、その日に限ってつぐみはその見知らぬ子供が気になって仕方なかった。クラスメイトに訊いたら首をかしげられ、家族にも訊ねてみたのだが返ってきた答えは、

「さっきから何言ってるの？　そんな子、どこにもいないよ」

どうやらつぐみにしか見えていなかったらしい。

恐くなったのでそれからは目を合わせないで無視をし、みんなには勘違いだったと誤魔化した。誕生日会がお開きになったとき、帰っていくクラスメイトたちに交じって見知らぬ子供もどこかへ消えていった。

このことを祖父母に相談すると、その子供は幽霊だったのかもしれないと言った。ひとが大勢いる場所に幽霊は惹かれてやってくるものらしい。

「楽しそうにしているところにやってくる幽霊さんは悪い幽霊じゃないよ。去年も見たんだって？　でも、つぐみちゃんに変なことはしなかったんだろう？　なら大丈夫。今日見た幽霊さんも誕生日会を楽しんだから満足して帰っていったんだよ」

それは孫を恐がらせないための方便に過ぎなかったが、つぐみには自分の世界観が崩壊するほどの新解釈であった。幽霊とは恐いだけじゃなく可哀相《かわいそう》な存在でもあるのだ――という認識が追加された。

寂しがりやの幽霊さん。

わたしが見つけてあげなくちゃ。

以来、幽霊を積極的に見つけにいくようになる。

中学生になると誕生日会を開くこともなくなり、それに伴って幽霊を目撃する回数も減っていった。歳《とし》を重ねるごとに霊感が衰えていくのを実感する。このままではいけない。いくらつぐみには見えなくても幽霊は依然としてそこにいて、寂しそうに彷徨《さまよ》っているかもしれないのだ。放っておけなかった。

いつしかスピリチュアルな趣味に傾倒し始めたつぐみを家族や友達は生温かい目で見守るようになる。つぐみは大学生になった。今日も今日とて「幽霊はいる！」「幽霊を救う！」と熱く語っては周囲を引かせていた。

いろいろ試してみたが、今のところダウジングが最も効果を発揮した。

ダウジングとは、棒や振り子などの装置の動きによって探し物を見つけ出す霊的テクニックのことである。探し物といっても物質だけでなく運勢を占うことも可能で、プロのダウザーともなると企業からアドバイザーとして雇われることもあるのだそうだ。また、世界中の紛争地で地雷の撤去にダウジングが活用されたとする資料まで存在する。

古い歴史があり、確かな実績があり、公的な組織までもが頼りにするダウジング。幽霊だって見つけられる。つぐみはそう確信していた。

その証拠に、さっきからつぐみのペンデュラムが大きく揺れ動いているのだ。五円玉に紐《ひも》を通しただけの簡易ペンデュラムだが、振ってもいないのに五円玉が円を描いてぐるんぐるん回っていた。明らかに何かに反応している。きっと近くに幽霊がいるのだ。

実は当たりを付けていた。幽霊の目撃例がある場所を目指して歩いていたつぐみは、やはりというべきか、ペンデュラムの導くままに目的地——神社に到着した。

「すごい！　ダウジングってやっぱり本物なんだ！」

あとは件《くだん》の幽霊を見つけ出すだけだ。ところが、ペンデュラムの反応は神社の中ではなく、鳥居の前を通り過ぎたさらに先の歩道を指し示した。──あれれ？ 首を捻《ひね》るつぐみであるが、ダウジングを信用しないわけにいかない。一旦、神社を素通りし、慎重に歩みを進めた。

ペンデュラムが最も激しく反応したのは近くにあったバス停だった。バス停を越えるとペンデュラムはピタリと止《や》み、神社のほうに戻ると反応が薄くなった。

ベンチには男のひとが座っていた。背後から一歩近づくと、男のひとが振り返った。

「こ、こんにちは」

目が合ったのでつぐみから挨拶する。知らないひとだった。そのひともつぐみに見覚えがなかったのか怪訝そうに目を細めている。

「私に言ったのですか？」

「え？」

「その、こんにちは、は私に向けて言ったのですか？」

「はい。あ、ごめんなさい。何かお邪魔しちゃいましたか？」

「いえ、そういうわけではないのですが……」

男性はすごくびっくりした顔をしている。どうしてだろう。知らないひとに挨拶されたのがそんなに珍しかったのだろうか。

男性はまじまじとつぐみの顔を眺めると、

「私が見えるのですか？」

変なことを口にした。そりゃあ目を開いてそちらを向いているのだから男性の姿はばっちり見えておりますが。もしや盲目と疑われているのだろうか。なぜ？　そんな素振りしたかしら。

「私、視力はいいほうですよ？」

「素晴らしい。会話もきちんと成立していますね」

男性はにこにこと嬉しそうに笑っている。よく見ると、結構なイケメンさんだ。つぐみの趣味ではないが年頃の女の子なら見惚《みと》れてしまいそうな甘いマスクである。

青い目もまた美しかった。

その目がつぐみが持つペンデュラムに向けられる。激しく揺れ動く五円玉を不思議そうに見つめた。説明を求められた気がしたので、

「これ、ダウジングっていうんです。これを使って、いま幽霊を探しているんです」

どうだ、と言わんばかりに胸を張る。普段周りから白い目で見られていることに若干勘付いているつぐみであるが、好きなものについてはやはり話したくなるもので、

自然と得意な顔になってしまう。

男性は一瞬だけ目を見張ったが、すぐに人の好《よ》さそうな笑みを浮かべた。

「それはすごい。君には才能があります。ほかでもない私が言うのですから間違いありません。そのダウジングは成功です」

おや。こんな反応は初めてだ。褒められた上に才能まで認められるなんて。

それに、成功？　成功とは一体何のことだろう。つぐみは幽霊を探していたのであって別にイケメンを探していたわけではない。

男性がベンチをすり抜けるようにして移動し、つぐみの前に立った。一瞬の出来事にびっくりした。顔が間近に迫る。目の錯覚か、男性の背後の風景が薄《う》っすら透けて見えた気がした。

「私を見つけたのですから。目的は達成されましたよ」

その一言が決定的だった。

も、もしかして、このひと――。

何かを察して目を見開くつぐみに、男性はしたり顔をして言った。

「そうです。何を隠そう私は幽霊――」

「あーっ！　やっぱり！　お兄さんも幽霊を探しているんですね⁉」

男性は目を瞬《しばた》いた。きっと図星を指されたのだろう。つぐみは俄然《がぜん》勢いづいた。

「そういうことか！　このダウジングでプロの霊能力者を探し当てちゃったんだ！　すごい、私！」

「いえ、私は幽霊――」

「お兄さんの目的も神社の幽霊ですか⁉　そうなんですか⁉　そうなんですね⁉　うわあ、仲間だあ。嬉しいなあ」

霊感があることを自認するひとはよく見かけるが、そういうひとほど幽霊を恐れて話題にするのも避ける傾向にあった。気持ちはわかるし無理強いもできないのでいつもひとりで心霊スポットを巡っていた。

だが、やはりひとりでは限界があった。万が一危険な目に遭ったらと考えると、あまり無茶はできなかったし入り口で引き返したことだって何度もあった。

つぐみは仲間がほしかった。同じ世界を共有する同志がほしかった。

こんな場所で出会えるなんて。

「あの！　もしお邪魔じゃなければ一緒に付いていってもいいですか⁉」

期待に目を輝かせて訊ねると、男性は苦笑した。

「なんだかよくわかりませんが、暇ですし。いいですよ。お付き合いしましょう」

「ありがとうございます！　あ、私、牧原つぐみっていいます。そこの大学の学生なんです」

　男性は恭しく頭を下げた。

「月島人香です。普段は探偵事務所に入り浸っています」

「探偵⁉　霊感がある探偵！　うわあ、ドラマみたい！」

　ますます気に入った。ならば、ワトスンは私だな、とつぐみは張り切るのだった。

＊

「ところで、神社の幽霊って何ですか」

「え？」

　神社の石段を上りながら説明した。

　つぐみがその話を聞いたのは、実は昨晩のことである。所属する民俗学研究サークルの会長が、弱いくせに酒を浴びるようにして飲んで早々に潰れ、飲み会もそろそろお開きかというタイミングで起きだし空気も読まずに管を巻いた話の中にそれは出てきた。

ほかのサークルメンバーには耳タコの話だが、お酒の席が苦手でほとんど飲み会に参加してこなかったつぐみにとっては初耳で、いつしか会長と差し向かいで聞く体になっていた。

それは、今から五ヶ月前の夏の日に起きた出来事。大学裏手にある神社に早朝参拝した会長が、小学生の女の子の幽霊に石段から突き落とされたというのだ。

信じがたい話であった。幽霊に襲われる話なんて創作された怪談でしか聞いたことがない。かといって、会長が嘘を言っているとは思えなかった。皆が飽きるほど話しているということは、会長にとって余程衝撃的な出来事だったに違いなく、実体験だからこそひとに話さずにはおけなくなるのだ。その気持ちはよくわかる。

これは調査をする必要があるな――と、再び寝落ちした会長を前にしてつぐみはひとり決意を固めたのだった。

「もちろん、会長の勘違いだったってことも大いにありえます。でも、目の前で女の子が消えたんですよ？　幻覚を見たのでなければ絶対に幽霊だと思うんです！」

会長の話をかなり詳細に、正確に話せたと思う。満足して人香を窺うと、うーん、と何やら首をかしげていた。

「民俗学研究サークル？　つぐみさんは民俗学に興味があるのですか？」

「え？　引っ掛かるトコそこですか？　……ええ、まあ。といっても、うちのサークルは単なる旅好きの集まりですけどね。日本国内を中心に、地方の文化や伝統を現地に行って調査し造詣を深めることを目的とした――という建前で、各地を旅行するだけのサークルです。楽しいですよ。みんなからお土産のお菓子も貰《もら》えますし」

「オカルト系の同好会もあるでしょうに。そちらには入らなかったんですか？」

「ああ、そういうことか。家族にいい顔されないんですよねー。でも、旅も嫌いじゃないです。紀行文を読むのも好きですし。一応サークルの方針で旅行から帰ったら紀行文もどきを書いて提出しないといけないので。レポートを書く練習にもなります」

もっとも、民俗学への入り口は『遠野物語《とおのものがたり》』だったわけだが。ご当地の心霊スポットにも行けるのでそれほどオカルトから離れているわけではない。

「でも私、中学校くらいからあまり幽霊を見なくなって。だんだん霊感がなくなっていっているんですよね」

「へえ」

「どうすれば幽霊が見えるようになるんでしょうか？」

「いやあ、もう十分だと思いますよ」

「そうですか？」

きっとダウジングの能力のことを言っているのだろう。でも、霊感そのものが減っていっているのだからいずれはこれすらできなくなりそうで焦る。

「もし本当に神社に幽霊がいたらどうするんです？　恐くないのですか？」

「恐いですよ。でも、女の子の幽霊って聞いたらもう居ても立ってもいられなくて」

「女の子がお好きなんですね」

「あはは。そういうんじゃありません！」

幽霊が見えていいことはない、などと言うひともいるだろう。つぐみとて恐い思いをしなくて済むならそっちのほうがいいとわかっている。でも、誕生日会にやってきたあの幽霊にはまた会いたかった。つぐみが気づいていないだけで、もしかしたら今もそばにいるかもしれないのだ。会って、話がしたかった。可能ならお友達になってもいい。そして、幸せに成仏してほしかった。

友達がほしくて寂しく彷徨っているなんてあんまりじゃないか。

「あの、月島さんはいま幽霊が見えていますか？　たとえば、私のそばに……とか」

「いえ？　何も見えませんね」

「そうですか」

あの幽霊はただの通りすがりだったのだろうか。わからない。つぐみは何もわからないことにもどかしさと自己嫌悪を覚えるのだった。

石段を上りきり境内に入る。境内では男子小学生が数人で缶蹴りをしていた。神主が常駐している神社ではないので咎《とが》められることなく思いきり走り回って遊んでいた。罰当たりな、というよりも、子供の賑《にぎ》やかな声がしたほうが神様は嬉しいのかもしれないな、と思った。

人香が子供たちを眺めながら訊ねた。

「これからどうされます？」

「そうですねー……」

ペンデュラムに反応はない。

「とりあえず、境内をぐるっと回ってみましょう。五円玉に反応があるかもしれない。月島さんもしっかり探してくださいね」

「まあ、がんばってみます」

子供たちの邪魔にならないように敷地《しきち》内を一周する。丘の上にあって周囲を木々で囲まれているからか、時折吹くそよ風すらも凍《い》てつくように冷たい。神社の厳かな雰囲気も相俟《あいま》って、どことなく異界に迷い込んだ気分になる。

幽霊は見つからなかった。

「今度は会長がしたのと同じ行動を取ってみます。幽霊を呼びだした引《ひ》き鉄《がね》が何だったのかわかりませんから」

なぜか心霊現象には再現性があったりする。実際はどうだか知らないが、怪談などでは必ずといっていいほどそれはある。有名なところで「トイレの花子さん」や「こっくりさん」など。いつ、どこで、何をしたら現れるのか、ご丁寧に禁止事項まで明示されており、これこそ創作物であることの証拠だと思うのだが、稀《まれ》にルールどおりにやって怪奇現象が起きることもあるので馬鹿にしたものではない。

何にせよ、実験条件を同じにすることは取っ掛かりとして基本である。

カバンから財布を取り出し小銭を、……違った。会長の行動をそっくりトレースしなくてはならないのだ。ちっ。

「おや？　舌打ち」

「わっ」

ものすごく間近に人香の顔があった。

「ちょっと、近いですって！」

キスでもされるんじゃないかとびっくりしたが、人香も驚いたようにさっと身を引いた。

「おっと、すみません。どうも最近、体温を感じないせいかパーソナルスペースがわからなくなってきて。お恥ずかしい。顔を覗き込むのが癖になっているみたいです」

「……」

どんな言い訳だ？　人香さんって、どこか変……。

「で、何かありました？」

「あ、えっと、……さっき話した会長なんですけど、賽銭箱にお札を入れたんだそうです。大人なら当たり前だとかなんとか言っちゃって」

「それはそれは。千円ですか？　もしや、五千円？」

「……一万円です」

そのつもりで下ろしてきたので今さら躊躇《ちゅうちょ》しないが、一万円札が賽銭箱に吸い込まれた瞬間には「くうう」と悔しさで喉が鳴った。会長め。一万円札を奉ったことを得意げに語りやがって。自分だって我に返ったら絶対後悔したくせに。

幽霊のことを抜きにしてもお願いの一つや二つ叶《かな》えてもらわないと割に合わない。

「そこまでしますか……」

「もちろんです。私、本気ですから」

カバンと財布を地面に置く。

二礼二拍手一礼。

お願いごとは決まっている。──どうか女の子の幽霊に会わせてください。

思い出の女の子なのか、会長が会った女の子なのか、どっちでもいい。

「月島さんはお参りは？」

人香は首を横に振った。

「あいにく現金を持っていないので」

ああ、と納得する。近頃は財布を持たず、買い物は電子マネーで済ませるひとが増えていると聞くが、人香もそうらしい。いざ現金しか受け付けない場面に遭遇したときどうするんだろうと純粋に疑問に思う。

「じゃあ、お金貸しましょうか？　……小銭しかありませんけど」

五円玉がたしかあったはず。提案すると、人香は手を振った。

「それには及びませんよ。お参りしませんから」

「いいんですか？」

「はい。あっても触れませんしね」

よくわからないが、そうまで遠慮されたらこちらも引くしかない。つぐみは神社に来たら参拝しないと気が済まないのだけど、人香は違うのだろうか。まあ、他人のお金でお参りしてご利益があるかどうかわからないし、本人がいいと言っているのだから無理強いもよくない。

カバンを拾う。――財布はなるべく見ないようにして。

「石段を下りてきます」

「お気をつけて」

人香が付いてきたら会長の行動の再現にならないので、指摘する前に流れを汲《く》んでもらえたのはよかった。置いてきた財布は気になるが、人香が見ていてくれるだろう。あれ？　でも、そうすると財布を届けにきてくれるはずの女の子の幽霊（と解釈したのは会長であるが）が身動き取れなくなるのではないか。などと心配しながら一段ずつゆっくりと下っていく。

長い石段。中盤を越えた。

左右には木々が高々と茂っている。今は冬なので日陰がぞっとするほど冷たい。

背後から近づく気配はない。足音すら聞こえない。

木々がざわめく。木枯らしが首筋を撫でていく。不気味な雰囲気。

ここで後ろから肩を叩かれたら悲鳴を上げられる自信がある。

石段を下りきる。鳥居を見上げ、境内を振り返った。

幽霊は現れなかった。

*

再び石段を上ると、拝殿前に少年たちが集まっているのが見えた。

見覚えのあるピンク色の財布を開けて中身を物色している——って、こらあ！

「ちょっと、あんたたち！」

「うわ、戻ってきた！」

輪の一番外にいた子が声を上げて、全員が振り返る。

「私の財布だよそれ！　勝手に開けないで！」

財布を持っていた少年の目が吊《つ》り上《あ》がった。

「何だよ！　ひとがせっかく拾ってやったのに！」

「中見てんじゃないの！　泥棒する気だったんでしょ!?」

「違うっつーの。免許証とか保険証とか、本人確認できるもの探してたんだよ。もしなかったら警察に届けようと思ってさ」

む。それは確かに必要な作業かもしれない。もし遺失者がご近所さんであれば警察に届けるより本人に直接返しにいったほうが早い場合もある。

学校で指導されているのか、落とし物を拾ったときの対処法を少年たちは知っていた。

「濡《ぬ》れ衣着《ぎぬ》せやがって！」

「むしろ感謝しろよ！」

「怒られる筋合いねーぞ！」

集中砲火であった。少年たちに疚《やま》しい気持ちがないからこその態度だとわかった。

「謝れよ！」

謝れコールが鳴り響き、つぐみは少しだけ涙目。

「あ、謝らない！　だってそれ、別に落としたわけじゃないもの！　ちょっとの間置いてただけだもん！　その証拠にいま取りにきたでしょ!?」

「えー？　落としたことに気づいたから慌てて戻ってきたんだろー？」

「ちがいますー！　それにほら、私と一緒にいたお兄さんが見張ってたでしょ！」

すると、少年たちは互いに顔を見合わせた。

「お兄さん？」

「誰もいなかったよ？　なあ？」

うんうんと一斉に頷いた。そんなばかな。しかし、人香がいれば少年たちは財布に近寄らなかっただろうし、落とし物だと認識することもなかったはずだ。別に頼んだわけじゃないけれど、財布くらい見ていてくれてもいいのに。薄情なひと。

「ていうか、月島さんどこ行ったんだろ？」

境内に隠れられる場所はないではないが、子供たちの目をすべて掻《か》い潜《くぐ》って隠れきるのは難しいと思う。拝殿の奥――本殿に忍び込めばその限りではないが、まさかそんな罰当たりなことまではしないだろう。

もしも境内を出たのだとしても、拝殿から外の鳥居までは一本道である。つぐみが見落としていないかぎり、どこかで鉢合わせしていなければおかしい。それとも木立に身を隠してつぐみをやり過ごしたとか。何のために？

「……」

飽きて帰っちゃったのかな……。

だったら、一言くらいあってもいいではないか。

いよいよ泣きそうになったつぐみに少年たちは居たたまれなくなったのか、あっさり財布を返してくれた。

別にいいもん。元々、ひとりで調査するつもりだったんだから。

「姉ちゃん、中学生だろ？　どこ中？」

「失礼ね。これでも大学生です。もう二十歳だし、この間成人式にも出たんだから！」

うわ、見えねー、とほぼ全員が口にした。くそう。

「そういうあんたたちは北小の子だよね？」

ここから最寄の小学校である。思ったとおり、少年たちは頷いた。

丁度いい機会だ。近所の子供たちなら出回っている噂《うわさ》にも詳しいだろう。

「この神社に幽霊が出るって話聞いたんだけど、知ってる？」

すると、少年たちはあからさまに渋い顔をした。みんなで顔を見合わせる。

「石段の消える死体……」

「え？　石段？」

「そう！　去年の夏に階段の真ん中でひとが倒れてたんだ！　で、恐くなって逃げちゃって、少ししてまた戻ったら死体は消えてた！」

「こいつがその目撃者」

勢い説明してくれたのは眼鏡を掛けた真面目そうな子で、顔が青ざめていた。

詳しく聞いてみると、それは夏休みの早朝、いつものように少年たちは境内で遊ぶ約束をしていたという。時間より早く到着した眼鏡の子は石段の途中にひとが倒れていることに気づいて引き返した。後からやってきた仲間たちとともに再び石段を見に行くと、そのときにはもう誰もいなかった。

「酔っ払いが寝てただけじゃないかって俺たちも言ってるんだけど、こいついまだに恐がっちゃって」

「酔っ払いがあんなところで寝てるわけないだろ！」

「まあ、確かにそうなんだけど。それか見間違いじゃねーのって思うんだけど」

「絶対見たんだ！　僕が嘘吐いてるって言うのかよ⁉」

「嘘なんて言ってねーだろ！」

「やべ。またけんかが始まっちゃう。姉ちゃん、止めてよ。こいつらいっつもこのことでけんかすんだもん」

言い合いは取っ組み合いになりかけて、慌ててみんなで止めに入る。まあまあ、と言いつつつぐみは冷や汗をかいていた。その死体に心当たりがあったのだ。

絶対会長だ！　去年の夏に石段で倒れていたことは本人も認めているし！

真相を暴露してもいいのだけど、いま言っても見え透いた嘘にしか聞こえないかもしれない。火に油を注ぐことにもなりかねない。

「あ！　そうだった！　思い出した！　私が聞いた幽霊の話は別！」

無理やり話題を変えた。若干わざとらしかったけれど、最初から聞きたかったのはこっちの話だ。

「私が聞いたのは女の子の幽霊の話なの！　こっちは聞いたことない？」

一瞬騒ぎが収まって、けんかをし始めたふたり以外の子たちが場を和ませるべくすぐさまつぐみの質問に乗っかった。

「女の子の幽霊？　初耳なんだけど」

「俺も聞いたことない。まーちん、知ってる？」

「全然。女の子ってどんなの？」

逆に訊ねられ、つぐみは首をかしげた。

「どんな？　さあ、小学生だったってことくらいしか。――あ、そうそう、足音がしなかったんだって」

「そりゃ幽霊だもん。足がないのは当たり前だろ！」

幽霊には足がない、という認識は江戸時代の絵師・円山応挙《まるやまおうきょ》が足のない幽霊の画を描きそれが人気になって広まったからできたとされている。それも諸説あるが、現代の少年たちにも共通の認識であった。

「俺、その幽霊知ってるぜ」

そのとき、少年のひとりがにやにやしながら得意げに言った。さっきけんかし始めた片割れだった。けんかはすっかり収まっている。

「足音がしない小学生の女子だろ？　俺、わかっちゃった」

「なんだよそれ。本当に幽霊なんていんのかよ？」

「幽霊じゃねーよ。この辺で足音させない女子なんてひとりしかいねーだろ」

そう言うと何人かは気づいて、あ、と声を上げた。

「川井《かわい》のことか！　そういやあいつ、いっつも裸足《はだし》だもんな！」

「そうそう！　あいつんち貧乏だから靴買う金もないんだって！」

あははは、と爆笑する。眼鏡の子が律儀に説明してくれた。

「夏休みに川井っていう女子がこの辺を裸足で歩いているのを見たことあるんですよ」

「いつもって、学校でも裸足なの？」

「え⁉　そ、それは違うけど……。で、でも、あいつ声掛けても無視するし、学校では僕たちの悪口ばっかり言うんですよ！　なあ⁉」

「そう！　あいつんち絶対貧乏だ！」

……何だかなあ。貧乏って言葉が面白いだけで、その背景に思い至らないから無邪気に笑えるんだろうけど。でもこの場合、ただの悪口の応酬合戦って感じがする。

「明日、幽霊って噂になってること川井に言ってやろ！」

「やめてあげなよ。私が言った幽霊とその川井って子が同じとは限らないんだから。あと貧乏とか言うのも駄目。女の子には優しくしてあげないとね」

「なんだよそれ！　いっつも女子ばっかり！　男女差別だ！　ジェンダー問題だ！」

「む、むずかしい言葉を知ってるんだね……」

わーぎゃー、と不平を口にする少年たち。

それからまたひと騒ぎしていると、『夕焼け小焼け』が遠くから聞こえてきた。五時のチャイムだ。少年たちが塾があると言いだしたので解散する流れになった。

「姉ちゃん、バイバーイ！　またなーっ」

少年たちがあっという間に石段を駆け下りていく。

しんと静まり返った境内で、さっきまでの騒々しさが嘘のようだとつぐみはひとり寂しく思った。

＊

背後から、

「なかなか実のあるお話でしたね」

「ぎゃあああっ！」

絶叫し、飛び上がった。腹の底から声が出た。神社が少し小高い場所にあるため、その絶叫は町中に響き渡ったような気がする。

心臓がばくばくと激しく暴れている。し、死ぬかと思った……。

「つ、月島さん、脅かさないでください！　お化けかと思ったじゃないですか⁉」

振り返ると、人香が悪びれもせずに片目を瞑《つぶ》った。

「おや？　牧原さんは幽霊に会いたかったのではないのですか？」

「言葉の綾《あや》です！　音もなく背後に立たれたら誰だってびっくりしますよ！　というか、一体今までどこにいたんですか⁉」

そして、どうやって音もなく真後ろまで接近できたのか。

人香は足元を見遣《みや》り、悪戯《いたずら》っぽく笑みをこぼした。

「地面に潜っていました。暗くてじめじめして大変息苦しいのですが、呼吸をする必要がないので不快感さえ我慢できればいくらでも隠れていられます。外の声が割とクリアに聞こえたのは意外でしたね。ほかに歩行者がいなかったせいかもしれません」

「はあ?」

「そして、死角から飛び出せばまるで瞬間移動したように見えるというわけです。今度巻矢に試してみましょう。最近、全然驚いてくれないからリベンジです」

「はあ。……もういいです!」

真面目に答える気がないらしい。つぐみは本気で怒っているのに、空気も読まずにからかうから、ますます苛々《いらいら》が募った。

「何だって隠れたりしたんですか?」

「子供たちには見えませんから。牧原さんが独り言をぶつぶつ呟《つぶや》いていたらきっと恐がらせてしまうでしょうし」

あーもう、さっぱりわからない!

「月島さんは本気で幽霊を探す気があるんですか!? 失礼ですが全然そんなふうに見えないんですけど!?」

「はい。そんなつもりは全然ありませんでした」

「やっぱり！　私をからかって楽しんでたんだ！」

ひとのこと騙《だま》してばかにして！　そう文句を口にすると、「早とちりしたのは牧原さんですよ」と人香は苦笑した。

「騙したつもりもばかにしたつもりもありませんよ。私は私で会長さんの怪談には興味を引かれておりました。なぜ女の子を幽霊と見間違えたのか、その理由を知りたくなったのです」

「へ？　見間違えた？」

「そうです。当然ですが、その女の子は紛れもなく生きている人間です。なのになぜ、会長さんは幽霊だと錯覚したのか。いえ、どうして錯覚するようなシチュエーションが生まれたのか。私はそれがとても気になりました」

「ええっと……」

「幽霊の正体見たり枯れ尾花、というやつですよ」

つぐみは困惑した。人香は幽霊の正体を最初から見間違い――枯れ尾花だと考えていた。探していたのは幽霊ではなく枯れ尾花のほうだったというのだ。

「でも、どうして？　どうして女の子が幽霊じゃないってわかるんですか？」

「財布を拾って届けてくれる幽霊が本当にいるとでも？」

「……」

いる、とはとても言い切れない。ひとを襲う幽霊と同じくらいに善行を働く幽霊もまた創作物以外では聞いたことがなかった。

「もちろん、いないとも言い切れませんが。しかしこれでは悪魔の証明になってしまいます。いないものはどうやっても証明できません。けれど、全否定できないからといってその存在を認めるわけにもいきません。というわけで、私は枯れ尾花を明らかにしようと考えました。運よく証言が集まりましたしね。女の子の正体が何なのか、今なら仮説くらいは立てられそうです」

「本当ですか⁉」

まさか隠れてそんなことを考えていたなんて。

しかし、プロの霊能力者がそんなんでいいのだろうか。霊感や霊能力は使わないのだろうか。いや、プロだからこそ持ちえる矜持《きょうじ》なのだとも考えられる。何でもかんでも幽霊の仕業であると決めつけておいそれと霊能力を行使するのは間違っている。それが人香のこだわりに違いない。

「さすがです！　月島さん！」

人香は、何が、という顔を一瞬したが、気を取り直して「会長さんが女の子を幽霊と思った理由を並べてみましょう」と人さし指を立てた。

「一つ、足音がしなかったこと」

続けて、中指、薬指、小指と立てていく。

「一つ、鳥居から拝殿までの一本道上で誰にも会わなかったこと。一つ、女の子に突き飛ばされたこと。一つ、顔を上げたときにはその女の子が消えていたこと。この四つが、女の子が幽霊だと疑う主な理由だと思いますが。如何《いかが》でしょうか？」

「……そうですね。たぶん、それで合ってます」

「では、これらを順に幽霊のせいにしないで説明を付けてみましょう。全部論破できたら幽霊はいないことになります。いいですね？」

「納得できるなら」

それで幽霊の有無がはっきりするのなら。つぐみも望むところである。

「いいでしょう。ではまず、足音から。無音で背後に立たれたら誰だってびっくりします。いるはずのない人間がいたなら幽霊かと思っちゃいます。先ほどの牧原さんのように」

「お、脅かしてきたのは月島さんじゃないですか！　あっ、もう！　笑わないで！」

頬を膨らませると、人香は懲りずにくつくつ笑った。

「すみません。あまりに見事な驚きっぷりだったものでつい。——じゃあ、仮に女の子が普通の人間だった場合、どうして足音はしなかったと思いますか？」

「……それってさっき男の子たちが言っていた、えっと、川井さんっていう子が幽霊の正体だったんじゃないかって思っていませんか？」

「はい。そう思ってます。時期も合っていますし。その子も早朝の神社にいたのでしょう。裸足で」

「裸足……。石畳なら靴で踏むより音は鳴りませんよね？」

「そうですね。加えて、当時は蟬の声がうるさかったとも話されていましたね」

それだと足音が聞こえなかったとしても不思議はない。

「でも、何で裸足だったんですかね？」

「それはちょっとわかりませんね。少年たちは川井さんを貧乏だと言ってましたが、そんなことありえるでしょうか。小学校には普通に通っていて、なおかつイマドキの洋服を着ていたんですよね。靴が一足も買えないほどの貧困というのは到底信じられません。裸足なのを見たのも一日だけだったようですし、親が日常的に虐待しているってこともないでしょう。何か別の理由があったはずです。でも、そのことは今は一旦脇に置いておきましょう」

川井さんの行動の真相まではさすがに解き明かすことはできないし、本題と関係ないように思われた。つぐみは素直に頷いた。

「次に、鳥居から拝殿まで移動する間に会長さんが川井さんを一度も見かけなかったのはなぜか」

つぐみは境内を振り返った。広々としているが、御神木や石灯籠がそこかしこに目立っている。

「隠れられる場所が結構ありますね。川井さんが会長から隠れていたなら見かけることはなかったはずです」

缶蹴りができるくらいだし、体が小さい子供ならうまく隠れられたはずである。なぜ隠れたのかはこれまた謎であるが。

さて、三つ目だ。しかし、これはどう説明すべきか。

「会長は女の子に突き飛ばされました。石段の途中で。……これも川井さんにしかわからない理由があったのでしょうか？」

会長を突き飛ばしたかった理由なんて何も思いつかない。境内で会っていないのだから意地悪されたってことはないだろうし。会長の「悪霊説」ではないが、この不合理を説明するには川井さんを悪者にするしかないように思われた。

しかし、人香は首を横に振った。

「私は会長さんがひとりでよろけて勝手に転んだだけだと思いますよ」

「え？」

「酔っていたんでしょう？　まっすぐ歩けないくらいに。そこへ財布を突き出されて、仰《の》け反《ぞ》って後ろにひっくり返ってしまった——ということは考えられませんか？」

試しに目を瞑って想像してみる。泥酔した会長。差し出された財布。もしかしたら少しくらい体にぶつかったかもしれない。そうして後ろに仰け反って、そのまま足を踏み外し——。

つぐみは目を開けた。

「……大いに考えられますね」

会長の酒癖は相当ひどい。飲み会後に千鳥足で帰っていったあの後ろ姿は危なっかしいものがあった。ありえない話じゃない。

直前には無言で背後に立たれて脅かされてもいるのだ。なお不安定な姿勢だったなら酒に酔っていなくても足を踏み外しそうだ。

「どうです？　わざわざ幽霊の仕業にしなくても理屈をこねればいくらでも現実的な推論が成り立つのです」

その得意げな笑顔に、思わずむっとなる。

「で、でも！　最後のはどうですか⁉　会長の目の前から一瞬にして女の子が消えたんですよ⁉　こんなの幽霊じゃなかったら絶対に無理です！」

いくら酒に酔っていたとはいえ、女の子に対しては警戒心をもって見たはずだ。なのに、いなくなった。見失ってしまった。一瞬にして掻《か》き消えた。

こんなのどう考えたって現実的じゃない。

「そうですか？　会長さんはひどく酔っ払っていたんですよ？」

「わかってますよ。でも、石段で転落した直後ですよ？　命の危険も感じていたはずです。いくら酔っ払っていたからって女の子をあっさり見失うとは思えません」

会長がそこまでお間抜けさんだったとは思いたくない。

ん？　待てよ。

石段と酔っ払い？　どこかで聞いたような組み合わせ……。

「あっ、――あ！　もしかして、そういうことですか⁉」

人香はつぐみの心の中を読んだように、したり、と頷いた。

「だと思います。おそらく会長さんは転んだ拍子に寝落ちしたのでしょう。正確には気絶だと思いますが」

昨晩もそうだった。話している最中にも唐突に寝入ってしまったではないか。

「そして川井さんは、起こそうとしても起きない会長さんのそばに財布を置いてその場から立ち去った。数秒後か、あるいは数分後、会長さんの意識は唐突に覚醒した。体感では一瞬の出来事だったはずです。顔を上げると女の子の姿はとうになく、まるで煙のように掻き消えたと錯覚した」

それを裏付ける証言が「石段の消える死体」である。

少年たちの話を聞いて、つぐみは咄嗟に石段で寝ていたのは会長だと思った。そう、寝ていたのだ。じっとして動かなかったから死体と間違えられたわけであり、あんな場所で寝ている酔っ払いがひと夏のうちに何人もいたとは思えない。

消えたというのは勘違い。

ただ単に前後不覚に陥っただけ。

「これが枯れ尾花の正体です。納得していただけましたか？」

つぐみは弱々しく頷いた。納得するしかなかった。

川井さんの存在をどこまで論拠にしてよいかわからないが、幽霊説の最も強い根拠である「目の前で煙のように掻き消えたこと」を論破されてしまってはほかはすべて瑣末《さまつ》なことでしかない。

幽霊じゃなかったんだ……。

「なあんだ」

ほう、と小さく息を吐く。人香がそれに目聡《めざと》く気づいた。

「あまり悔しそうじゃありませんね？」

あ、バレたか。

いるなら会いたいと思っただけで、いないのならそれに越したことはない。

「だって、ひとりぼっちは見ていてつらいですもん」

子供の頃、つぐみは友達に恵まれた。それは今だって変わらない。友達がほしいと欲するほど友達が周りにいなかった時期はなかった。だから、友達がいない寂しさっらさは想像でしかわからない。

誕生日会に来た幽霊を思い出すたびに胸がぎゅっと締め付けられる。

そんな幽霊はいないほうがいいに決まっている。

幽霊じゃなくて本当によかった。

「よかったですね。牧原さんの憑《つ》き物《もの》はたった今、無事落ちましたよ」

「え⁉」

人香の姿が見る見るうちに透き通っていく。

「まあ、憑いていたのは私なのですが。巻矢の手を借りることなく解決できたのはよかった。私もやるときはやるもんです」

一体、何が起きているのかわからなかった。

思わず手を伸ばしてみたら、すう、と人香の体をすり抜けた。

実体がない。これではまるで幽霊ではないか。

「う、嘘……」

思わず出た呟きよりもなお消え入りそうな声が、空気に混じってかろうじて聞こえた。

「楽しかったですよ。おかげさまでいい暇潰しになりました。機会があったらまたお会いしましょう」

人香の姿は完全に消え去り、境内にはつぐみだけが取り残された。いや、初めからつぐみ以外の人影は存在しなかった。寒々とした虚空ばかりが広がっている。

呆気に取られる。……では、今まで相手にしていたのは本物の――。

「あは」

乾いた笑いが口から出たが、すぐに本物の笑顔に変わった。

バス停で会ったとき、人香が言っていた言葉を思い出す。つぐみの目的はすでに達成されているとかなんとか。なるほどね。ペンデュラムはやはり正しかったのだ。

人香が飛んでいったであろう冬空を見上げる。日はすっかり落ちており、もう間もなく一番星が見えるだろう。見える景色は夜空だが、心はすっきり青空だ。

「楽しかった、だって」

余計な説明はいらない。その言葉だけで十分だった。

満足して帰ってくれたのなら本望である。

*

そうして人香は夜空の星になった——わけもなく、歩いて境内を出て石段を一段ずつ下り、飛べるくせに律儀にバスに乗って帰った先は『巻矢探偵事務所』である。

見るからに上機嫌な人香が床から這《は》い出《で》てきても悲鳴を上げず溜《た》め息《いき》しか出なかったのは、ひとえに巻矢の虫の居所が悪かったせいだ。

「全然仕事が回ってこねえ……。若葉《わかば》が邪魔してるんだ。きっとそうに違いない」

「ま、巻矢？　ほら、びっくりしませんか？　生首！」

「うるせえ。ぶっとばすぞ」

履いているスリッパを投げつけても人香の顔面を通り過ぎていく。本当に忌々しい。

「おまえが遊んでいる間、こっちは仕事探して歩き回っていたんだ。そんなくだらないことにいちいち付き合えるか」

怒鳴りつつ煙草《たばこ》に火をつける。苛々が募ると無意識のうちに煙草に手が伸びるのは巻矢の悪い癖である。

「あ！　聞き捨てなりませんよ！　確かに一日中暇で暇で町中あちこち散歩していましたが、私だって今日はいっぱい活躍したのですから！」

「はあ？　活躍？　何のことだ？」

待ってましたとばかりに話し始める人香。あ、面倒な振りをしてしまった、と後悔したが、聞いている分には疲れないので好きにさせておく。

神社に現れた少女の幽霊の話。物陰に隠れ、足音をさせず、けれども落とした財布を届けに追いかけてきた「川井さん」とやらのこと。民俗学研究サークル所属の牧原つぐみと一緒に情報を集め、サークルの会長が話した怪談の真実を暴いたこと。――巻矢に話そうと決めていたのだろう、理路整然とわかりやすく概要を伝えきった。

「フーッ……」

くゆらせた紫煙を目で追った。カッとなった頭はすっかり冷静さを取り戻していた。

なるほど。確かに人香にしてはよく働いたほうだ。その女子大生を事務所に連れてくることなく事件を解決させたのは評価に値する。そんな一銭にもなりそうにない面倒事にかかずらわずに済んだのは本当によかった。

「そもそもおまえ、自分以外の幽霊が見えるのか？」

「いいえ？　見たことも聞いたこともありませんね」

最初から幽霊探しには期待できなかったわけだ。謎解きの役に立っただけ牧原つぐみはまだ運がよかった。

「ですが！　私をもってしてもわからないことがまだあるのです！」

「私をもってしてって、おい……。ずいぶん自己評価が高いな」

「どうして川井さんは裸足だったのでしょうか？」

「あー」

牧原つぐみにとって重要なのは幽霊の有無である。だから、幽霊じゃないとわかった時点で人香から解放されたのだ。憑き物が落ちたのだ。

しかし、人香だけはその謎に今も悶々と悩まされ続けている。

巻矢は言った。

「気にするな」

「そんなわけにはいきません！　巻矢、何かわかりませんか⁉」

わかるわけがない。女子小学生が裸足でどこにいようがどうでもいい。

だが、確かに、不自然な点が——。

「……」

「？　巻矢？」

慎重に物事を整理する。

「川井は神社で一人遊びをしていた。参拝客から隠れる『かくれんぼ』だ。参拝しに現れた会長から身を隠したのはそのためだった」

「私もそんなふうに考えましたが、しかし不自然すぎます。かくれんぼをするにしても参拝客が少ない早朝の神社を選ぶでしょうか？」

うん、と一つ頷いて巻矢は話し続ける。

「だが、会長が財布を落としていることに気づいた川井は財布を拾って届けに走った。石段で会長に追いついて、その肩をぽんぽんと叩く。……無言で」

「無言？」

「不自然というならここだろう。どうして川井は喋らなかった？　わざわざ駆け寄らなくても石段の上から、落とし物ですよ、と声を掛ければよかったんだ」

確かに、と人香は手のひらを拳で打った。

「おまえ、怪談の内容を正確に話してくれたな。女の子は声を出さずに口をパクパク動かした、って件があったはずだ。喋らなかったんじゃなくて喋ることができなかったんじゃないのか？　もしかしたら話せない子かもしれないが、しかし学校ではクラスの男子と悪口を言い合っているそうじゃないか。じゃあ、沈黙はわざとだった。それが何を意味するのか」

とはいえ、ここまで条件が揃《そろ》えば思いつくものもある。裸足やかくれんぼは知らなかったが、神社で沈黙とくれば巻矢の知るかぎり一つしかない。

「お百度参りだ。百日間か、あるいはその日のうちに百回、本殿か拝殿にお参りする。ただ回数を踏めばいいっていう神社もあるが、より強く願掛けしたい場合は終始無言を貫く作法もある。川井がしていたのはきっとそれだろう」

人香は、へえ、と感心したように漏らした。お百度参りという名前は知っていたが、そこに作法があることは知らなかったようだ。

「やり方は神社によるから、もしかしたら知りうるかぎりの作法を寄せ集めて実践したのかもしれない。たとえば、早朝の神社を選び参拝客から隠れていたのは『作法の最中は誰にも見られてはいけないから』とかな。ほかにも『作法は裸足で行わなければならない』とか、ありそうじゃないか。川井って子の家は神社の近くにでもあるんだろう。裸足で家を出て神社に向かう。その姿をクラスメイトに目撃されて貧乏呼ばわりされてしまった。だが、作法中だったから言い返すことができず無視して通り過ぎるしかない。それがまた男子の反感を買うことになり、学校では悪口の応酬が始まって……という具合ならどうだ？　すべての平仄《ひょうそく》は合ったんじゃないか？」

我ながらそれらしい理屈がくっついたと思ったが、人香を窺うと何やら複雑な表情を浮かべていた。

「悔しいですね。謎が解けてすっきりしているのに、自分の力じゃないことが悔しい。しかし、巻矢が有能であることが知れて私は今すごく嬉しい。複雑です」

ううむ、と唸《うな》っている。忙しいやつだな。

「ま、真実がどうかなんて今となっては確かめようがないがな」

あくまで推測でしかない。しかも半年近くも前のことなのだ。こんなもの、川井本人を捕まえでもしないかぎり本当の真相には辿《たど》り着《つ》かない。

しかし、人香はすっかり満足したようだった。

「もし巻矢の言うとおりだったとして、また新たに疑問が湧いてきますね。川井さんはお百度参りで一体何をお願いしていたのでしょうか」

巻矢は二本目の煙草に火をつけつつ、さあな、とにべもなく呟いた。

「それこそ俺たちには知る由もないことだ」

＊　＊　＊

拝殿のほうから、ぱんぱん、と拍手の音が響いた。

お参りしているのは祖母と孫娘という組み合わせのふたりだった。お参りを終えると、孫娘が祖母の手を引いて参道を引き返す。

「これを繰り返したんだ！　百回だよ、百回！　百日間数えてがんばったんだ！」

「うん、うん。ありがとうね。おかげでおばあちゃん元気になったし、退院もできた。本当に優しい子だよ、おまえは」

祖母が頭を撫でると、孫娘ははにかんで笑った。

「ああ、寒くなったねえ。神様にもきちんとお礼を言ったことだし、何か温かいものでも食べて帰ろうかねえ」

「うん！　私、うどんがいい！」

「じゃあ、うどん屋さんに寄ろうねえ」

すれ違う。振り返ると、幸せそうなふたりは手を繋いでゆっくりと石段を下りていった。何だかほっこりする。外の気温は寒いけれど、心には燃料が投下された気分だ。

「よし。探すか」

取り出したるはカルナックペンデュラム。ダウジングの世界で最もポピュラーな形をしたペンデュラムである。五円玉から格段に進化したこの振り子を使って今日こそあの幽霊を見つけるのだ。

「月島さーん！　あーそびーましょー！」

誰からも気づかれない存在に同情した。だから探していたつもりでいたけれど、あの日人香と出会ったことで本当の気持ちに気がついた。

遊んでほしかったのはきっと私のほうだった。

どれだけ探しても神社に人香はいなかった。ペンデュラムにもまるで反応がない。もしや、もうこの世から成仏してしまっているのではないか。不安が過《よぎ》る。――が、まあ、そんなに簡単じゃないことくらいとうの昔に知っている。諦めないかぎり、いつかどこかで再会することもあるだろう。

諦めないかぎり。

つぐみの幽霊探しは続くのだ。

「そういえば、探偵事務所がどうとかって言ってたっけ。ちゃっかりそこにいたりして」

思い付きを口にする。そんなことで見つかるなら苦労はしないとつぐみは笑い、ペンデュラムがかすかに揺れた。

（了）

第三話　功と罰

ふと遠くへ行きたくなるときがある。誰にだってある。巻矢にだってある。そしてそれは幽霊の人香であっても例外ではなさそうだった。人香は、三日に一回の頻度で朝から晩まで外出することがある。行く先を告げずにふらりといなくなるのだ。

幽霊という特異な存在になったことで放浪にも違った楽しみを見出《みいだ》せたのではないか。なんせあいつは飛べるのだ。ただの街歩きにも空から見下ろす楽しみが加わった。生身の肉体があったときには叶わなかった贅沢である。楽しみの幅もさぞ広がったことだろう。さすがに空中散歩には付き合えないので、人香がひとりで出掛けるのも当然といえば当然だった。

解《げ》せないのは一言もなしに突然いなくなることである。言えば引き止められるとでも思っているのだろうか。だったら勘違いも甚だしい。確かに巻矢にとって人香は気掛かりな存在だが、同時にうっとうしい存在でもあった。四六時中幽霊に付きまとわれているのだ。しかも野郎の幽霊に。どれほど窮屈な思いを強いられていることか。引き止めるどころか、数日帰ってこなくていいぞ、と言い添えて送りだしたいくらいである。

さらに解せないのは、帰ってきたときには必ずただいまを言いに来ることだ。律儀なのかそうでないのかよくわからない。そしてそのとき人香は必ずこう言うのだ。

「暇潰しをしていました」と。

暇潰し——。そうか、と納得しそうになるが、何の言い訳にもなっていないことに気づく。幽霊の人香は常に暇を持て余している。暇を口実に外出するなら毎日いなくなっていないとおかしい。それに、そうならそうと外出するときに言えばいいのだ。繰り返しになるが誰も引き止めたりしない。どうぞお好きにどこへでも、だ。

なんとなくだが思っていることがある。

もしかすると、人香は何かを探しているのではないだろうか。

その何かとは、たとえば生前にやり残してしまったもの——『未練』だったりしないだろうか。

もし『未練』だったとして、それが解消されたときあいつはどうなるのだろう。

俺はどうなる。

……やめよう。どうせ妄想だ。誰にだって独りになりたいときくらいあるだろう。誰も知らない場所に行きたくなるときだってあるだろう。

しかし——、そんなときでもそれほど遠くへ行けないのが人なのだ。

＊

警察署には、古巣とはいえ手前勝手に飛び出した身の上では気持ち的に近寄ることが難しい。毎度のことながら元同僚の大福《だいふく》に昼休みの間に近くの喫茶店まで出てきてもらった。巻矢は足労を掛けたことをまず詫びた。

「別に構わないよ。マッキーの事情はよくわかってるし。こっちも便利に使わせてもらっているしね」

持ちつ持たれつさ、と人の好い笑みを浮かべて言った。名前のとおりふっくらとした顔がまるで大仏様のようだった。

「わるいな」

「そんなに畏《かしこ》まられると弱っちゃうよ。昼食ついでに話すくらいわけないって」

大福はナポリタンとハンバーグのセットを食べている。銀プレートに載った昔ながらの喫茶メニューだ。ばくばくと大口を開けて平らげていく様は不思議と上品に見えた。食べ方もとても綺麗である。実家が裕福な家庭だったと聞いたことがあるので、きっと躾《しつ》けがよかったのだろう。

巻矢は大福が来る前にハムサンドを食べ終えている。今は食後のコーヒーを飲みながら大福が一息つくのを待っていた。

大福がハンバーグにナイフを入れながら言った。

「でもさ、何度も言うようだけど帰ってきたら？　今さら復職は難しいかもしんないけど、ならせめて組織公認の請負業者にでもなったらどう？　そしたら、こんなふうにこそこそしなくて済むのに」

「それも併せてわるい。おまえにはいつも迷惑を掛ける」

頭を下げると、大福は弱りきった顔をして笑った。

「だから、僕のことはいいんだってば。わかったよ。マッキーの意志が固いのは知っている。もう言わないよ」

ひとまず食べることに専念し始めた大福に、巻矢は心の中で重ねて謝罪した。

巻矢がここまで殊勝になれる相手はそうはいない。巻矢は二年前まで警察官だった。所属は刑事課。一方、大福は警察職員として現在も刑事課をサポートしている。巻矢がまだ現役だった頃、同期という気安さもあり、仕事のことでよく悩みを打ち明けあった。いわば戦友のような存在だ。

巻矢が自主退職した理由を知っている数少ない理解者のひとりでもある。

現在は大福が主導して、人手不足で手が付けられない事案の捜査を巻矢に依頼してくれている。業務委託契約が結ばれており、もちろん報酬も出る。巻矢探偵事務所の貴重な収入源であった。今日こうして食事に同席しているのも仕事を斡旋《あっせん》してもらうためである。

ランチを完食し口許《くちもと》をナプキンで拭う大福。メニュー表のデザートの一覧を開くと、

「僕はいいとしてさ、……寺脇《てらわき》巡査部長をきちんと説得してほしいかな。マッキーに仕事を振ってることがバレてからずっと睨《にら》まれてるんだよね。職場で顔をあわせるたびに肩身が狭くって」

「は？　そんなもん自分で何とかしろ」

唐突に突き放されて、驚いた大福は思わず顔を上げた。

「あ、あれ？　この件に関しては謝らないんだ？」

「何で俺が若葉のことでいちいち気に病まなくちゃならないんだ。文句があるなら直接俺のところに来いってあいつに伝えとけ」

大福は、えー、と心底嫌そうな顔をする。巻矢の言葉を伝言したが最後、怒りの矛先がそのまま大福に向かうのは想像に難くない。若葉の沸点の低さは同僚の誰しもが知るところである。

　寺脇若葉は刑事課所属の警察官で、巻矢とは実家がお隣同士の従妹《いとこ》でもある。女だてらに拳で語るような過激派であり、昔から口より先に手が出る乱暴者だった。巻矢にとってはクソ生意気な妹分でしかなく、警察を辞めてからは一度しか会っていない。

　若葉は断りもなく退職した巻矢に激怒した。坊主憎けりゃ袈裟《けさ》まで憎い。巻矢に関わる人間はまとめて怒りの対象となった。本当に面倒くさい女である。

「そんなこと言ったら火に油だよ」

「なら放っておけ。あんなやつ」

「でも、ちゃんと説明したらわかってくれるんじゃない？　マッキーが警察を辞めた理由。寺脇巡査部長だって無関係じゃないんだし」

「……おい。それ、若葉には言うなよ」

「もうとっくに気づいていると思うよ。マッキーとの付き合いは僕よりずっと長いんだから。月島巡査のことにしたって、――あ、すいません」

　大福は通りかかったウェイターを呼び止めてケーキを追加注文した。おかげで巻矢が咳《せ》き込みかけたところを見られずに済んだ。不意打ち気味にその名前を聞くとどうしても狼狽《ろうばい》してしまう。

　月島巡査……。月島人香巡査――か。名前ではなく階級で呼ばれると否応《いやおう》なく現実に引き戻される感じがする。

幽霊ではない……現実の……「生身」の月島人香。

ウェイターを見送ってからぼそりと言った。

「月島巡査が行方不明になってからもう二年も経つんだね」

それは巻矢が探偵になった年月と被《かぶ》さる時間でもあった。

「月島巡査のことはみんな心配してるけど、中でもマッキーと寺脇巡査部長は特に仲がよかったから、その分深刻さも違ったよね。マッキーは行方不明になった月島巡査を探すためにフリーランスになったんでしょ？　逃げたわけじゃない。捜索を諦めたわけでもない。そのことをきちんと伝えれば寺脇巡査部長だってわかってくれるよ、きっと」

「今さら若葉の了解を取って何の意味があるってんだ」

「僕からしたらどうしてマッキーが寺脇巡査部長に黙って辞めたのかわからないよ。ふたりは親戚なのに」

巻矢はそっぽを向いて舌打ちした。近しい距離だから……相手が若葉だから……、いろいろな理由が挙げられるが、詰まるところ巻矢の気持ちに原因があった。ソレを自覚しているからこそなおのこと白状する気も起こらない。

「若葉のことはもういいだろう。こんな話をするために来たんじゃないぞ」

「それもそうだね。お昼休みが終わらないうちに本題を済ませちゃおう。なかなか切羽詰まってる案件なんだ」

大福は隣の椅子に載せていた自分のカバンから資料を取り出し始めた。話題が変わったことを感じてほっと息を吐くと、巻矢は同居している幽霊のことを考えた。

月島人香はもう死んでいる。それを知っているのは幽霊が見えている巻矢だけだ。若葉も大福も人香がいまだに生存している可能性に期待している。

人香に取り憑かれたときから巻矢は、人香の行方ではなく、人香の遺体を捜し始めた。人香は自分の死に際を覚えていなかったので死因そのものを突き止めることも目標となった。幽霊とはいえ本人が目の前にいるせいでモチベーションはなかなか上がらないのだが。

この件に関して、若葉とは元々対立していたのだ。こんな気分のままでは余計に会いにくい。説得なんてもってのほかだ。

何より若葉は、人香のことを――。

「これを見て」

意識が戻る。テーブル越しに報告書のコピーを差し出された。

受け取って中身を斜め読みする。交番で取られた調査書だった。

「薄明町《はくめいちょう》一丁目交番から上がってきた報告書だよ。この前の日曜日の午後三時頃、迷子になった子供が交番に送り届けられたんだ。三歳の女の子。丁度そのとき交番には女の子のお母さんもいて、あっさり再会できた。買い物中にちょっと目を離した隙にいなくなっちゃったんだって。お母さんは大慌て。ひとしきり周辺を探し回った後に交番に駆け込んだらしいんだけど、本人はすごく混乱していて対応した警官は相当苦労したそうだよ」

その光景が目に浮かぶ。巻矢も交番勤務時代、説明があやふやで全然要領を得ない被害届を処理した経験があり、つい懐かしくなった。

「交番で子供と再会したときはお母さんのほうがわんわん泣いていたんだとか。でも、子供が無事見つかって本当によかったよ」

「……一件落着か?」

「うん。子供に声掛けして連れてきたのは中学生の男の子で、薄井《うすい》明《あきら》君っていうんだけど。その子も迷子を無事引き渡すことができて喜んでたってさ」

ほのぼのと語る。大福の善良そうな顔と相俟って、子供向けの絵本でも読み聞かされているような気分になる。

　再び書類に視線を落とす。日付と事の経緯が簡単に記述されている。迷子の女児とその母親、そして保護した男子中学生の氏名・住所・電話番号も羅列されている。報告書のどこにも特に物騒な単語は見当たらない。

「で？」

「この男子中学生を表彰するんだって。本部からお達しがあったよ」

「まあ、当然だな」

　いつの時代でも迷子は必ず存在するが、しかし近年では、声掛けに躊躇する大人が急増しているという。迷子を心配して声を掛けても不審者扱いされるケースが頻発しているからだ。ＳＮＳの発達でそういった体験談が広まり、たとえ迷子を保護できてもその後に待ち受ける警察からの尋問まがいの質問攻めに辟易《へきえき》とする声までクローズアップされ、迷子を見つけてもなるべく関わらないほうがいいと消極的になってしまっているのだ。

　現状を重く見た警察は、迷子だと思ったら積極的に声を掛けてほしいとホームページなどで広くアナウンスしている。こうした迷子の保護があった場合には、警察は感謝状の贈呈式を大々的に行うことで防犯意識の啓蒙《けいもう》に繋げていた。

「警察のイメージアップにも役に立つしな」

「……まあね。利用していることは否定しないよ」

大福は苦笑した。迷子を保護しただけで感謝状が出るなら毎日どこかしらで贈呈式が行われていなければならない。しかし、記事になるのは稀であり、毎年表彰される数も警察発表で数件程度である。警察がここぞというときにしか贈呈式を行わないのは、予算の関係もあるが、大きな要因は話題性である。十八歳に満たない児童生徒が手柄を立てたならまずマスコミが黙っておらず、そしてそれは話題性においてはこの上なく美味しい。イメージアップを図る又とない機会でもあるのだ。

「でもね、言い訳させてもらうなら、警察だって好きで表彰しているわけじゃないよ。表彰せざるを得ない空気をマスコミが作るもんだから仕方なくって面もある。近頃は警察に上から目線で表彰されても鼻につくだけって意見もあるし。どうしろっていうんだい？　正しさを体現しなくちゃならない側は常にジレンマと闘っているよ」

大福は警察職員で、主に組織運営や人事調整を行っているのでなおのこと思うところがあるのだろう。しかし、巻矢は「知るか」と一蹴した。

「その見返りに安定した給与と保障があるんだろうが。それが公僕ってもんだ。嫌なら辞めろよ」

大福が珍しくむっとした。

「マッキーが先に嫌みを言ったんじゃないか」

「おまえを怒らせるつもりはなかったよ。ムキになるってことはおまえ自身が引っ掛かってるってことだろ？ ジレンマなんて感じる必要ねえぞ。警官が全員正しかったらこの国はたちまち監視社会だ。そんな窮屈なのは俺はゴメンだ。警察だって本音と建前があっていい。おまえも最初に言ったじゃないか。俺を便利に使わせてもらってる、持ちつ持たれつだって。それでいいんだよ。大福はちょっと真面目すぎる」

「真面目？ そうかなあ？」

貶《けな》されたのか褒められたのか量りかねている大福だったが、注文したケーキセットが運ばれてくると「まあいいや」とすぐに笑顔を取り戻した。

「で？」

「ん？」

「いや、中学生が子供を保護したのはわかったよ。その中学生を表彰するってのも。で、それが何だってんだ？」

早く本題を聞かせろ、とせっつくと、なぜか大福が目を丸くした。

「あれ？ マッキーならとっくに気づいていると思ったんだけど」

「なに？」

「仕事に困ってるってのは本当みたいだね。思考も鈍っているのかな」

くすくすと笑われる。そして、ケーキにフォークを突き刺した。どうやら大福の側では説明すべきはすでに済んでおり、巻矢が察するまでネタばらしする気がないらしい。

鈍っているとまで言われては引き下がれない。これは大福からの挑戦だ。巻矢は大福が話した内容を頭の中で振り返る。同時に、再び報告書に目を通した。

迷子になった子供の名前は内川詩織《うちかわしおり》。三歳。母親の名前は志保《しほ》。三十歳。住所は薄明町八丁目3—2にあるマンションの二階一号室。そして、詩織を保護した男子中学生の名前は薄井明。十五歳。住所は薄明町一丁目1—1……。

なるほど。何が問題で、何を巻矢にさせたいのか理解した。

確かにこれでは鈍っていると言われても仕方がない。

「ここにある電話番号には掛けてみたのか？　本人に繫がったのは内川志保だけか？」

「うん。明君の番号は別のひとに繫がった。よその都道府県のひとだったよ」

「てことは、名前も住所もデタラメか。まあ、薄井明なんて名前、交番の所在地を見て適当に付けましたって言ってるようなもんだ」

住所にしてもそうだ。1のゾロ目に住むなんてことは、その土地に集合住宅でも建っていないかぎり、一個人や一般家庭ではほぼないだろう。

つまり、薄井明のプロフィールはすべて嘘なのだ。

「正解。そうなんだよ。これには交番の警官たちはおろか、内川親子もびっくりしたみたい。後日改めてお礼がしたいから中学生の連絡先を教えてほしいって内川さんから問い合わせがあってさ。警官と一緒に明君のお家を訪ねたらそこはオフィスビルだった。当然、明君がそこに住んでいるわけもなく」

「中学生の虚偽情報に踊らされたってわけだな。しかし、どうしてその場で気づけなかったんだ？　口頭での確認は基本だぞ？」

「うーん。その警官の肩を持つわけじゃないけど、迷子は見つかっているし、お母さんもその場でお礼を言っているし、一応の片は付いていたんだ。だからまあ、気が緩んでしまったんだろうね。あと、相手は中学生だよ。まさか記載した情報が全部虚偽だったなんて夢にも思わなかったんじゃないかな」

「気の緩みねえ……。それにしても、警察の面目丸つぶれだな」

おかげで贈呈式も開けずじまいだ。犯罪じゃなかったからよかったものの、本部からのお叱りは相当なものだろう。

大福はケーキを食べる手を止めて、溜め息を吐いた。

「それだけじゃないよ。新聞社の警察番がそのことを突き止めちゃってさ。『お手柄！　迷子を保護した中学生に感謝状！』っていうのが一転、『お粗末！　警察官、調書の虚偽報告にも気がつかず』って見出しで記事にされかねないんだ」

「そりゃまた不運だな」

泣きっ面に蜂ってわけだ。こりゃ、お叱りを受けるのは担当警官だけでなく薄明町一丁目交番に勤務している職員全員ってことにもなりそうだ。

「まあ、その記者さんとは知らない仲じゃないから記事は止めてもらっているんだけど。それにも条件があってね」

「条件？」

「元の『お手柄！』の記事にだったら差し替えてもいいって言うんだよ。向こうもお仕事だからせっかくのネタを落とすようなことはしたくないんだって。記事は二者択一で載せるからって言われちゃった」

「切羽詰まってるってのはそういうことか」

『お手柄！』の記事に差し替えるということは、予定どおり薄井明（仮名）を表彰するということだ。つまり、『お粗末！』を載せられたくなければ――。

「薄井明を見つけ出すしかない。それが俺への依頼なんだな？」

頷く大福を見て、予想どおりの展開に思わず眉間にしわが寄った。

「……期限は？」

苦々しく訊いた。大福は悪びれるように苦笑した。

「贈呈式を開くとしたら月末辺りになりそうだから、それまでには──かな？」

思ったほど猶予がない。ひと探しの基本は個人情報の絞り込みからだ。少ない情報から今の段階でどこまで絞り込めるか。それに掛かっている。

「確認するぞ。薄井明ってのは偽名か？」

「そこだけ本名にするのも不自然だし、偽名だと思う」

「顔は？　防犯カメラの記録見りゃわかるんじゃないか？」

「それが奇跡的に画角から外れていてさ。迷子の引き渡しも調査書の記入も交番の外で立ちながらやったみたい。机に座らせてやってくれたらよかったのに。参っちゃうよね、ほんと」

「他人事《ひとごと》みたいに言うな。じゃあ年齢は？　十五歳っていうのも嘘か？」

「いや、それはたぶんそのとおりなんじゃないかな。学年はもしかしたら違う可能性があるけど、中学生であることは間違いないよ」

「どうして？」

「だって、制服を着てたから。担当した警官が言うには母校の制服だったんだって。見間違いはなさそうだよ。十五歳ってことは、彼は中学三年生だね」

「そうか。それは大きな手掛かりだ」

学校が特定できたのはでかい。この地区の中学校の生徒数は概《おおむ》ね六百人前後。男女で半数だとすると男は三百人。三学年で分ければ一学年につき百人。年齢が正しいと仮定するなら、薄井明（仮名）は三年生男子百人の中にいることになる。

「それと、部活をしているか塾に通っているか、だな」

「？　どうして？」

「この前の日曜日に起きたことなんだろ？　日曜なら普通学校は休みだ。なのに制服を着ていた。考えられることは部活か塾だ。そいつがスポーツバッグでも引っ提げていたなら部活だろう」

「なるほどね。交番の警官に聞いてみるよ。あ、でも、三年生なら部活はないよね？一月だともうとっくに引退しているだろうし」

「ああ。となると、塾が濃厚だな。――ま、今どき塾通いなんて珍しくも何ともないが」

それでも絞り込むための情報にはなる。

しかし、これだけではまだまだ決定打に欠ける。もっとわかりやすい特徴でもあればいいのだが――。

「……」

しばらく考え込んでいると、大福がおずおずと訊いてきた。

「マッキー、見つけられそうかい？」

「おそらくな」

一つ閃いたことがある。これならすぐに特定できるだろう。

「本当かい⁉　すごいな……！　こんな少ない情報だけでなんて……。名探偵だね」

「だが、それにはおまえの協力も必要だ。手を貸してくれ」

「もちろんだよ。こっちが頼んでいるんだから。ああ、よかった。すぐに解決できそうだね」

しかし、巻矢の表情は一層暗くなった。

「……な、何だか嬉しくなさそうだね？」

「そう見えるか？」

「う、うん」

大福が萎縮する。もしかしたら睨みつけていたかもしれない。

そりゃ、面倒な上に後味の悪い仕事を持ってこられたんじゃ気分も悪くなる。

各々で会計を済ませて外に出た。別れ際、大福に言い放つ。

「今度、焼肉おごれよ。報酬とは別に」

「え⁉ 何で⁉」

高級焼肉店の名前を挙げると大福の顔が青ざめた。心外である。嫌な役回りを押し付けられた見返りにしては手加減したほうだというのに。

＊

翌日、大福から「先方には話を通した」との連絡を受け、さらに翌日、人香を伴って薄明町からバスに乗り隣町にある夕焼《ゆうやけ》中学校に向かった。『薄井明』を特定するためだ。

外出する際、いつも人香は頼まずとも勝手に付いてくる。仕事で役立つことが多いのでそれほど邪険にしたりしないが、一緒に来てくれるようお願いしたのは今回が初めてだった。今日は人香の力を頼るつもりなので、前日のうちに話しておいたのだ。

偶の「暇潰し」と重なってふらりといなくなられても困る。

「巻矢からお願いされるなんて嬉しいです。一体どういう風の吹き回しですか？」

人香はにこにこしながら後ろの席に座った。

幸い、車内に巻矢たち以外にひとはいない。巻矢は声を低めることなく答えた。

「おまえのその幽霊体質は便利だからな。使えるうちは活用する。それだけだ」

「ふふふ。いつもは、探偵としてのプライドが、とか何とか言っているくせに。素直じゃありませんね」

勝ち誇った顔が若干癪《しゃく》だったので、ふん、と鼻を鳴らした。

「いいだろ別に。偶には効率を考えたって」

「ええ。構いませんよ。と言いますか、私はこんな自分にも役割があることがとても嬉しい。頼ってくださって感謝します」

思わず人香を振り返る。その顔はどこかすっきりとしていて巻矢を茶化しているようには見えなかった。いつも捜査中に口出ししてくるのは自分の存在を確認するためだったのかもしれない。自分はまだここにいる、ここにいていい、と自分に言い聞かすように。

人香は消えることに怯《おび》えている？

「……おまえこそいいのか？　暇潰しだとか言ってよくどっかに出掛けているだろう？　どこに行ってんのか知らないが、用事があるなら遠慮なく言えよ」

「大丈夫ですよ」

人香は何の屈託もなく言ってのけた。

「今は暇じゃないので暇潰しをする必要がありません」


時刻は早朝。夕焼中学校にはまだ生徒が疎《まば》らにしか登校してきていない。黒のロングコートを着た部外者が入ってきても騒がれることはなかった。

窓口で受付を済ませると、まもなく校長が出迎えに現れた。

「巻矢さんですね。警察署から事情は伺っております。何でも迷子を保護した子供がうちの生徒だったとかで」

「はい。こちらで取った調書に不備があり、その子供が夕焼中学校の生徒さんだということしかわからなくなりまして。できれば本人には名乗り出てもらい、ぜひ表彰させて頂きたいと考えております。私は感謝状贈呈式の担当係の者です」

というふうに大福からも事前に説明がいっている。私立探偵が『薄井明』を特定しにお宅の学校へ乗り込みます、などと正直に話しても無駄な混乱を招くだけだし、担当係というのも広い意味では間違っていないので騙しているという意識はない。

校長室に通され、本日の段取りを相談する。

「通常、朝は各クラスでホームルームが行われるのですが、本日は急遽《きゅうきょ》全校朝礼を執り行うことにしました。そこで迷子保護の一件を私のほうからお話しいたします。その生徒にはぜひ出てきてほしいと呼びかけます」

「はい。それでいいと思います。本人も自分から名乗り出るのはなかなか難しいでしょうから」

そうなんですよ、と校長は身を乗り出さんばかりに興奮した。

「善行を自慢しない謙虚さ。その奥ゆかしさを汲んであげたいところではありますが。しかし、こういうことは学校一体となって褒《ほ》め称《たた》えるべきだと私は思うのです。きっと、ほかの生徒のよき模範となるでしょう！」

生徒愛にあふれた校長である。生徒の功績を我がことのように喜んでいた。

「ええ。必ずいい影響を周囲に与えると思います。よい生徒さんをお持ちですね」

校長はにんまりと相好を崩した。校長の機嫌を取っておいて損はない。こういう積み重ねが、いざというとき無理な要求を通しやすくする布石となるのだ。

朝礼の内容に少しだけ注文をつける。職員朝礼でほかの教師たちに挨拶し、しばらく後に職員に交じって体育館に移動する。体育館にはすでに生徒たちが揃っていた。

生徒は列を作って体育座りをしているのでほぼ全員の顔が見渡せた。この中に『薄井明』がいる。

巻矢が体育館の入り口を確認していると、校長の挨拶が始まった。

「皆さん、おはようございます。新学期が始まってまだ間もないのになぜまた全校朝礼が行われているのか、少し不思議に感じているかと思います。実は、今日は嬉しいニュースがあります。その報告をしたいと思います」

校長は、とある中学生が薄明町で迷子を保護した経緯を説明し、その中学生が我が校の生徒であったことを誇らしげに語った。

そして、警察がその生徒を表彰しようとしている旨を伝えた。

「善行を自慢しない謙虚さ。その奥ゆかしさ。とても素晴らしいことです。当たり前のことを当たり前のようにしただけ、とその生徒は思っているのでしょう。その心掛けに先生はとても感動しております。だからこそ、その生徒にはぜひ名乗り出てほしいのです。ぜひ先生や地域のひとびと、そして警察の方々から称えられてほしいです。照れくさいのはわかります。ですが、どうか皆さんのお手本になってほしいと先生は思っています」

校長は体育館脇に整列する教職員に目を向けた。

そこに並ぶ巻矢を紹介した。

「今日、警察の方がお見えになられています。名無しのヒーローを探しに来られました。どうか迷子を保護したそのひとは胸を張って名乗り出てください」

巻矢は列から一歩前に出て深々と頭を下げた。この件は巻矢が付けた注文どおりである。生徒たちの視線を一身に浴びて少々こそばゆいが、この場にいる全員に強い印象を与えたはずだ。

「この場で名乗り出よとは申しません。後で担任の先生に言ってください。先生はあなたを尊敬します。ここにいるひとたちのお手本となることを期待しております」

やや大袈裟《おおげさ》すぎる賛辞だが、校長の口上が大袈裟なのはいつものことらしい。そう教えてくれた教員たちも、傾聴していた生徒たちもどこか呆れ気味に苦笑を浮かべていた。

朝礼が終わる。入り口が混雑しないように生徒たちは上の学年からクラス順に列となって退場する。そのほかの生徒は指示があるまで座ったまま待機だ。

「巻矢さん、どうぞこちらからお戻りください」

教員のひとりに声を掛けられる。校内通路側ではなく外への出入り口を指さした。

「いえ、まだこのままで。生徒が全員出て行くのを確認するまでいさせてください」

「もしかして全員の顔を確認されているんですか？」

「まあそんなところです。一応、顔の特徴なども聞いてきていますので」

教員は感心したように納得してくれたが、嘘である。仕掛けが発動するまで動く気がないだけだ。

目の前を生徒たちが通り過ぎていく。

「やっべ。俺、表彰されちまうわ。ちょっと行ってくる」

「嘘吐け！　おまえが迷子を保護したりするわけねえだろ！」

男子たちがそんなことを言いふざけあっている。女子同士だと素直に感心したり自身の過去の迷子話を聞かせあったりして盛り上がっている。中には興味なさそうにしている者、眠そうにうつらうつらしている者もいて反応は様々だ。

「ん？　どうしたんだろう？」

教員が言った。見れば、入り口付近で退場の列が渋滞していた。ある男子生徒が立ち止まって入り口を塞いでいるのだ。

「おい。どうした？　早く行けよ」

後ろから押されても男子生徒は入り口の敷居《しきい》を跨ごうとしなかった。顔面蒼白《がんめんそうはく》のまま、ついにその場で腰を抜かした。

「ひ、ひぃいいいい！」

這うようにして列から飛び出していく。後ろにいた生徒たちは不思議そうにしつつも男子生徒を無視して退場していった。

「あの生徒は？」

巻矢は教員に訊ねた。

「ええっと、宮野《みやの》君ですね。三年三組の。何かあったのでしょうか？」

担任教師と思しき教員が宮野に駆け寄って声を掛けるが、宮野は放心しきっていた。

巻矢は入り口に視線を戻す。退場の列は続いていく。一年生の最後の列が終わるまでの間、同じように悲鳴を上げる生徒はいなかった。

生徒の姿が完全になくなり見えてきたのは、敷居の床から生えている人間の頭部であった。床下に潜った人香が頭だけを地上に突き出している格好である。事情を知らぬ者から見れば完全に生首だ。

そして、人香の姿が見えるのは喫緊の悩みを抱えた者だけ。

校長が散々煽《あお》り、警察が捜していることを告げ、さらに警察関係者である巻矢がこの場にいるということ。虚偽記載までした名無しのヒーローにはこの上ないプレッシャーとなったことだろう。

間違いない。

宮野が『薄井明』だ。

＊

間違いない、という確信はあるが、裏を取らないままでは断定はできない。

三年三組の宮野——それさえわかればあとは簡単だった。

「もしかしたら彼が迷子を保護した中学生かもしれません。少しプロフィールを見せて頂いてもいいですか？」

校長に頼み、生徒の個人情報を閲覧させてもらう。実にあっさり応じてくれたので、警察関係者という肩書きへの信頼の厚さに若干の未練と嫉妬を覚えた。まあ、探偵をしていなければ「こういうとき捜査が楽でいいな」と羨むこともないのだが。

宮野廉慈《れんじ》。年齢、十五歳。住所、夕焼町宵ヶ《よいが》丘《おか》3—5。

成績は上の下。学年順位では常に三十番以内に入っているが、ムラがあり順位変動が激しく安定しない。プレッシャーに弱いタイプなのかもしれない。

家庭環境の記載はなかった。別の場所に記録があるのかもしれないが、さすがにそこまで見せてもらうには大義名分が足りない。

担任教師に話を聞いた。

「宮野は優等生ですよ。大人しすぎず、かといって不良ほどヤンチャしていない。友達も多いみたいですしね。若干落ち着きがないところもありますが、手の掛からない子供というだけで僕たち教師からしたらいい生徒ですよ」

「朝礼のとき錯乱していたようですが、大丈夫でしたか？」

「あ、ああ。あれには僕も驚きました。幽霊がどうとか口走っていてひどく怯えていましたから。でも、もう大丈夫です。保健室で仮眠を取ったらだいぶ落ち着いたようです。たぶん勉強のしすぎでしょうね。寝不足が祟《たた》って白昼夢でも見たのでしょう」

受験シーズンですからね、担任はそう言ってくたびれた笑みを浮かべた。受験に苦心するのは何も生徒だけではないらしい。

「宮野君は志望校に合格できますか？」

「実力的に問題ないと思いますが……。そう、本人も焦りさえしなければ。それに、時の運もありますし」

曖昧に答えるところを見るとどうやら難しいようである。

「あの、宮野が何か？」

「いえ、朝礼のときの様子が気になったので。大丈夫そうならよかった」

「それはそれは。ご心配お掛けしました」

ほかの教員にも話を聞いたが、担任が話した内容以上の情報はなかった。

学校訪問は正午になったところで終了した。その日、自分が迷子を保護した中学生

だと宮野が名乗り出ることはなかった。

校門を出たところで人香が戻ってきた。

「宮野の様子はどうだった？」

「宮野？　あの男子生徒は宮野というのですか？」

人香は朝礼のときからずっと宮野に取り憑いていたため、巻矢が得た情報をまだ共有していなかった。

「何か話したか？」

「それなのですが、ずいぶん怯えさせてしまったようで」

人香が肩を落とす。生首を見せたのはやりすぎたと反省した。

「遠くから様子を窺っていたのですが、あれほど恐がられるとさすがにもう一度姿を

見せるのは忍びないと言いますか。心が痛むと言いますか」

「まあ……な」

人香には自分に気がつく人間を見つけ出せと頼んではいたが、まさかあんな方法でくるとは巻矢も思っていなかった。確かに中学生にはキツイ光景だったかもしれない。

「彼がお目当ての中学生ですか？」

「たぶんな。おまえが直接訊けたら早いんだが、受験前にトラウマを植えつけるのも忍びない」

「受験生でしたか。それは悪いことをしましたね」

地道にやるしかなさそうだ。

翌日からは探偵らしい地味な捜査が始まった。宮野の住まいを見に行き、家族構成を調べ、両親の職業を割り出す。どんな情報が必要になるかわからないためとことん調べ尽くすのだ。

「結構な資産家だ。親族には医者もいるし大学教授もいる。宮野の兄は現役の東大生。すごい家庭だな」

「受験へのプレッシャーは凄《すさ》まじいものがありそうですね」

宮野にどれほどの期待を注がれているかは知らないが、本人は多少なりとも気負っ

ている に違いない。

夕焼町内にある学習塾に入っていく宮野。望遠で撮影した彼の写真を持って薄明町一丁目交番に向かう。調書を取った警察官に写真を見せると迷子を保護した中学生だと断言した。

「巻矢先輩、どうやって見つけ出したんですか⁉」

「企業秘密だ。あと、金輪際先輩を付けるのはやめろ」

直接の知り合いではないが、探偵をしている元刑事の存在は警官たちの間で知れ渡っていた。

「巻矢は現役の頃から有名人でしたものね」

背後からこそっと人香が囁《ささや》いた。巻矢も小声で問い返す。

「そうだったか？　何で？」

「あなたはとても優秀な捜査官でしたから。私と違ってね」

答えに窮する。成績だけなら確かに優秀だったので下手に謙遜すると鼻につきそうだ。それに、人香が自覚してへりくだるのを事情も知らないで否定するのは何か違う気がする。配属先が違えば相手の仕事ぶりなんて知る由もないのだから。

とにかく宮野があの中学生だという確証を得た。虚偽の記載をした理由も大体想像がつく。問題はどうやって宮野を説得するかだ。

帰りしなに黙考していると、人香が首をかしげながら訊いてきた。

「宮野君を見つけたのですから巻矢の仕事は終わったはずではないですか？」

大福から依頼された内容は『迷子を保護した中学生を見つけ出すこと』だ。人香の言うとおり、それを報告すれば依頼は達成される。しかし。

「宮野が白を切ったらそれまでだ。それで俺が無関係の人間を使ってでっち上げを謀ったなんて思われたら最悪だぞ。今後仕事を回してもらえなくなるかもしれん」

交番職員の証言があるのでそこまで悪い状況にはならないだろうが。

「……白を切りますか？」

「切るだろ。迷子を保護したのが自分だとバレたくないから宮野は虚偽の記載をしたんだ。全校朝礼があった日に名乗り出なかったのも同じ理由だ。『犯人はおまえだ』と指さして素直に白状するのは物語の中の犯人だけだよ」

この場合、犯人という表現は適切ではないのだろうが。自首しろと言って自首しないやつが捕まったあとで素直に口を割るはずがない。

「自分だとバレたくない？　どうしてです？　宮野君は善い行いをしただけなのに」

「善悪は関係ない。場所が問題なんだ」

さて。説得と言っても何と話せばわかってもらえるのか。何度考えても妙案は思いつかなかった。たった一つの方法を除いて。

諦めるほかなさそうだ。逃げ道を塞ぐように自分に言い聞かせる。

「大福には恩義も借りもある。宮野が表彰されて初めて報いることができる。やるしかないんだ。あーあ」

やりたくねえなあ。生首で恐がらせるより悪質なトラウマを植えつけそうで気が引ける。

「巻矢がそこまで躊躇するなんて。どんな暴力を……」

「するか！　ひとを何だと思っていやがる！」

とはいえ、この際暴力で従わせたほうがまだマシに思えてきた。人に恨まれるのは慣れている。だが、慣れているからといって気にしていないわけではない。

「人香、もう一つ頼まれてくれないか。こっちは完全に俺のワガママなんだが」

人香に今回の事件の全貌を説明し、あることをお願いする。やるからには徹底的に。

想像がつくくせに知らなかったで済ませるのは無責任すぎる。

やっぱり巻矢はお人好しです、人香は呆れてそう言った。

＊

学習塾では日曜日の昼間から模試があり、毎週志望校の合格率が五段階評価でランク付けされる。それはすべての受験日程が終了するまで続くので、長い者では卒業式を迎える頃まで付きまとう。

逃げられなかった。今日もまた日曜日。午後二時五十分。学習塾はもう目の前。うつむき加減に歩く宮野の姿からは鬱屈としたものが漂った。

「宮野廉慈君」

すれ違いざま声を掛ける。宮野は訝しげに顔を上げ、巻矢を認めると目を見開いた。先日中学校に現れた警察関係者だとすぐにわかったようだ。

「な、何ですか？」

きょろきょろと目が泳ぐ。疚しいことを抱えている人間のわかりやすい反応だった。歳相応の当たり前すぎる素直さに少しだけ罪悪感が芽生えた。

「俺は巻矢という。私立探偵だ」

「探偵？」

「警察に頼まれてな。ひとを探している。そのことで君に訊きたいことがあるんだ」

巻矢の強面《こわもて》による迫力もあるのだろう、見る見る顔が青ざめていく。

「俺は何もわるいことしてませんよ……」

「ああ、知ってる」

「じゃあ、何で?」

「ひとを探していると言っただろう。何だ? 何か疚しいことでもあるのか?」

意地悪な訊き方をしたが、宮野は簡単に挑発に乗った。

「ないですよ! 何なんですか? 俺、これから塾なんですけど」

街路樹の枯木越しに見上げた空は高く、やや曇っている。気候が寒々しいからかひとの往来は思ったよりも疎らで、周囲にはひとの気配がない。この状況は運がよかったのか悪かったのか一体どちらだろう。

「一つだけ訊きたいことがある。どうにも腑に落ちなくてな。先々週の日曜日、君は薄明町にいた。夕焼町から薄明町まではバスに乗らないと行けない距離だ。時間は午後三時。その日もその時間に模試があったと思うんだが、もちろん受けられなかったはずだ。別にサボったことを責めているんじゃない。それ自体はどうでもいいことなんだ。俺が訊きたいのはどうして薄明町にいたのかってことだ」

　塾をサボって薄明町にいたことを断言する。証拠を突きつけて認めさせる必要はない。巻矢の硬い声音を聞けばどんな言い逃れも通じないと宮野は悟ったはずだ。

　しかし、宮野はまだ観念しなかった。

「薄明町になんて行ってません！」

「じゃあ模試を受けたのか？　成績表は？　あるなら見せてみろ」

　ほれ、と手を差し出すと、宮野は唇を噛むだけで動かなかった。

「どれだけ否定しようとも構わんがな。こうしておまえを訪ねてきたのはとっくに証拠が挙がっているからだっておまえももう気づいているんだろう？　何度も言うが責めているわけじゃない。塾をサボった口実なんて俺からすればどうでもいい話だ。でも、受験勉強から衝動的に逃げ出すにしても、なぜ薄明町なのか。もしかしたら薄明町に何か用事があったのか？　ひとに言えないような用事が」

「それは、そんなの……」

　ないはずだ。宮野の直近の生活態度や交友関係も調べたが特に犯罪に係わるような不審な影は見当たらなかった。それはきっと考えすぎなのだ。宮野は塾をサボった。サボった先が薄明町だった。それはやはりただの偶然だ。

　偶然、迷子を見つけたにすぎない。そしてまた偶然が重なって、今度は巻矢に見つけられたのだ。同情はする。おまえが保護した娘も、その母親もおまえに感謝状を贈りたいって警察が言うんだ。おまえが保護した娘も、その母親もおまえに感謝している。こちらとしては観念して受け取ってくれるとありがたい」

「……俺じゃないです。俺、そんなの知りません」

「ああ、そうだったな。宮野廉慈じゃなくて薄井明だった。調書には『薄井明』って名前が書かれていたんだった。もしかしたら忘れているかもしれんが、おまえが書いた名前だ」

宮野は呼吸を止めた。受験でナーバスになっている上に、元々気が強いほうじゃないのだろう、尋問まがいの話運びに完全に萎縮してしまっている。

「名前も住所も電話番号もすべてデタラメだった。虚偽の報告をしたわけだ。わかるか？」

一気に畳み掛ける。

「おまえの調書を取った警察官が処分されそうになっている。この場合、おまえがしたことは虚偽の報告で他人を貶《おとし》める『虚偽告訴罪』の要件に当てはまる。有罪になれば三ヶ月以上十年以下の懲役刑だ。おまえがしたことは紛れもない犯罪だ。おまえは罰を受けなければならない」

宮野の顔がひくひくと痙攣《けいれん》し始めた。

「選ばせてやる。虚偽告訴罪でしょっ引かれるか、善行を為したとして世間から認められるか。どちらにせよ塾をサボったことが周囲にバレるが、より傷口が浅いのはどちらかなんて考えるまでもないよな」

選びようのない選択肢。答えを聞くまでもない。宮野はもうしゃくり上げていた。

「気が変わったのなら薄明町の交番に名乗り出てくれ。校長も言っていただろう。おまえは善いことをしたんだ。胸を張れ」

宮野は踵《きびす》を返《かえ》して駆け出し、塾の中に入っていく。模試の時間だった。今の状態で集中できるとは思えない。塾の学友たちに見られるかもしれないと配慮したのだが、やはり塾終わりを狙うべきだったか。

背後に人香の気配を感じ取る。ずっと地面に潜って盗み聞きしていた。

「交番の身上調書で虚の供述をしたら虚偽告訴罪？　初耳なんですが」

「ああ、俺も聞いたことがない。せいぜいふざけるなと叱りつけるくらいだろう」

刑事事件であれば起訴した際に心証が悪くなる恐れがあるが、その程度だ。

「ハッタリだ」

「でしょうね」

中学生相手ならこれくらいの脅しでも十分罰になるはずだ。嘘を吐いてはいけないってことをわからせられたらそれでいい。

「大福から依頼されたときには大体事情が見えていたんだ。どうやって説得するか考えたんだが脅す以外に思いつかなかった」

「宮野君は名乗り出るでしょうか」

「さあな。だが、後で大福から連絡が行くだろうからどちらにしろ逃げられん。開き直ってくれりゃあいいんだが、そんな性格でもなさそうだしな」

「トラウマ……植えつけちゃいましたかね」

やはり後味悪い結果になった。しかし、この方法を選んだのは巻矢である。大福を恨むのは完全に筋違いだ。わかっている。だから焼肉おごりで手を打った。

「巻矢に言われて宮野君のご家庭を覗き見てきましたが、優しいご両親でしたよ。模試の結果が揮《ふる》わなかった宮野君を怒らず叱らず、心配することもなく、笑顔で励ましていました」

もっと教育に厳しい家庭を想定していた。成績を落とせば虐待を受けるような家庭なら模試から逃げ出したのも頷ける。しかし、宮野家はそれ以上に異質だった。

廉慈ちゃんなら大丈夫、廉慈ちゃんならできる、廉慈ちゃんは何も悪くない、最後までこのままがんばろう――そんな優しい言葉しか掛けられていなかったという。明らかに成績が足りていないにもかかわらずだ。

「自分の駄目さ加減は自分が一番よくわかってるもんだ。優しくされてもプレッシャーにしかならない」

「はい。私も見ていてそう感じました。宮野君はご両親の言葉に頷くだけで何も言い返しませんでした」

「言っても無駄だと思ったのかもな。今までもずっとこの調子で来ていたんだとすれば、身の丈にあった高校を受験したいとはとても言い出せなかっただろう」

そこへきて今回の善行である。両親はきっと褒め称えるだろう。模試をサボったことを指摘されることなく、疚しい気持ちを抱えたまま大々的に表彰されるのだ。想像しただけでも居心地悪い。宮野が逃げ出したくなる気持ちもよくわかる。

「胸を張れって言っちまった。あいつに悪いことをした」

宮野にとって一番聞きたくない言葉だったのに。

「あくまで私たちの想像です。実際はそこまで深刻じゃないかもしれませんよ」

人香が慰めるように口にした。確かに、と苦笑する。

「ああ、あれこれ考えても仕方ないか」

せめて表彰されることで宮野の自信に繋がってくれることを祈るばかりだ。

大通りをバスが通過していく。学習塾前にあるバス停に横付けし、乗降客がいないためすぐさまウィンカーを点《つ》けて発車した。

バスの行き先は『薄明町役場』だった。

「そうか。どこでもよかったんだな」

突風が吹き、冷たい風が肌に刺さる。きっと、どこへ逃げようともこの冷たさが弱まることはない。

＊　＊　＊

大福という警察職員から連絡があったその日の夜、廉慈は模試をサボったことを両親に打ち明けた。

叱られると思い身構えていると、そう、と気の抜けた返事が聞こえた。

「お、怒らないの？」

恐る恐る訊くと、両親は顔を見合わせて苦笑した。

「そんなしょぼくれた顔して、その上怒られたいの？」

「廉慈ちゃんがしっかり反省しているってわかっているからお父さんたちは何も言わないんだよ」

反省しているひとに「反省しろ」と言ったって意味はない。

がんばっているひとに「がんばれ」と言うのも同じこと。

反省しながらがんばっているのは見ていればわかるから、どうせ言葉を掛けるなら「そのままで大丈夫だよ」と安心させる言葉がいい。

両親はずっとそうやって廉慈と向き合ってきたという。

なんだよ、それ。

じゃあ、勝手にプレッシャーを感じてた俺がバカみたいじゃないか。

「そんなことより、表彰されるんだって⁉ すごいことじゃないか！ 模試をサボったのはいけないことだけど、それで迷子をひとり救ったならお釣りがくるほどの手柄だ！ 誰にでもできることじゃない！ いいことをしたな、廉慈ちゃん！」

「本当ね！ だから、表彰式ではそんなしょぼくれた顔しないで、もっと堂々としてなきゃ駄目よ。いいことをしたんだからきちんと褒められなさい。それも含めて責任ってものよ。わかった？」

「え？ あ、はい……」

ここにきてなぜか初めて叱られた。それがどうにも可笑《おか》しくて、廉慈は思わず笑ってしまった。

後日、新聞に感謝状贈呈式の記事が写真とともに掲載された。感謝状を胸に掲げる宮野廉慈の立ち姿は、ぎこちないながらも堂々と胸を張っているように見えた。

（了）

第四話　空き巣とバナナ

人香は食い意地が張っている。お供えしたつもりのない物にまで口をつけるのだから相当なものだ。

人香に取り憑かれた巻矢の目には、人香が『お供え物』を口にする光景が見えていた。生者がするような食事を幽霊も普通に取るのである。巻矢が夜食にと作ったラーメンをちょっと目を離した隙に食べ始めたり、巻矢が時間を掛けて豆から淹れたコーヒーを勝手に砂糖で甘くして飲み始めたりとやりたい放題だ。

無論、幽霊がいくら飲食しても『お供え物』が消えてなくなることはない。巻矢の目に見えるというだけでラーメンもコーヒーも量は減らない。味が変わることもない。しかし、これから口にしようというときに目の前で『お下がり』にされる気分は最悪だった。食べかけを寄越されたみたいで死ぬほどの空腹もなくなってしまう。

勝手に食べるなと何度怒鳴ったかわからない。が、それでも人香のつまみ食いは直らなかった。物体に触れられない幽霊にとって食事を取った気になれるのは生前を思い出せる唯一の方法であり楽しみでもあるらしい。別に栄養を取る必要はないけれど、味と思い出を共有することで生きていた頃を実感できるのが嬉しいようだ。

その気持ちはまあ理解できる。たとえ空腹でなくても目の前に大好物が並べば巻矢だって一口くらいつまみたくなるだろう。ましてやもう二度と食べられない身であれば気分だけでも味わいたいと思うのも無理はない。

しかしである。巻矢が作る料理にいちいちケチをつけるのだけは勘弁ならなかった。やれ味が濃いだのもっと野菜を取れだのと喧しい。大きなお世話だ。俺が食べるものをどう味付けしようが俺の勝手だろうが。おまえは俺の母親か何かか。

「これでも健康に気を遣っているんですよ。白だしの利いた和食なんてどうですか？」

「それ、おまえが食いたいだけだろうが」

「ああ、それはありますね。何せ巻矢の作る料理はどれも美味しいですから」

ふん。明け透けなお為《ため》ごかしだ。そういえば、人香の母親は和食が得意だったと思い出す。一度、人香の実家で夕食を振る舞われたことがあり、塩分を控えた和惣菜《わそうざい》なのに白飯がよく進んだ。なるほど。薄味でもああいう素材の味を生かした和食なら巻矢も好物だ。作るのもやぶさかではない。人香に言われたからではないが今度作ってみよう。

「デザートにはぜひバナナをお願いします。大好物なんですよ」

「いやだから、おまえのために作らねえよ！」

お供え物だけ食っていろ。お供えしたことなんてないけどな。

幽霊には身体《からだ》がない。当然睡眠を取る必要もないが、退屈な夜をやり過ごすためにあえて意識を閉ざすこともできるらしい。お供え物で食欲を満たすのと似たようなものだろう。リビングを寝ながら浮遊している人香をこれまで何度か見たことがあった。

しかしその日、朝から人香の姿はどこにもなかった。寝惚《ねぼ》けて外まで漂うこともあるが、それでも七時には必ずリビングに現れるのに。おそらく三日に一回の頻度で訪れる『暇潰し』に出掛けているに違いない。

＊　＊　＊

「人香、いないのか？」

一応呼びかけてみるが返事はない。やはり不在のようだ。

冷蔵庫を開けて食材をあらためる。朝食の献立はすぐに決まった。肉厚のソーセージとコショウを利かせたスクランブルエッグのサンドウィッチ。キュウリ、レタス、ミニトマトを適当に盛り付けてオリーブオイルと岩塩を振ったグリーンサラダ。コンビニで買ったレトルトのクリームシチューには焼きベーコンを投入して煮立たせた。和食派の人香にはあまり受けのよくないラインナップである。

ブラックコーヒーを淹れて食卓に並べる。エプロンを背もたれに掛けて椅子に座り、食事を始めた。献立はすべてシンプルながら美味しい。ラジオもテレビも点けず食器が当たる音しか聞こえない。静かだ。調理中から料理にだけ向き合い、集中して味わい尽くす。理想的な朝だった。窓から差し込む薄い陽光にさえ穏やかな気持ちにさせられる。

偶に訪れる贅沢な朝。人香のいない朝だった。

食事を終えるとタブレットを開き、電子版の新聞に目を通す。有力紙の報道だけでなく、気になった単語をすかさず検索して関連記事に当たれるのはネットの強みだ。購読している地方紙のとある記事に注目した。何でも、破壊活動防止法に基づく調査対象団体に指定された組織、その支部の拠点地で、構成員のひとりが地元の警察官を暴行し逮捕されたという。この警察署は巻矢の古巣である。そしてこの匿名の警察官は巻矢の知人かもしれず、警備部が長年監視してきた団体との抗争であるだけに、今後の情勢が気になった。大福なんかは今ごろ事務処理に追われて大わらわに違いない。こういうときだけ他人事として見られるからフリーランスは気が楽だ。

さて。そろそろ行くか。常備しているブラックの缶コーヒーを一本コートのポケットに忍ばせると事務所を出た。

午前中は警察関係者や得意先を営業行脚して回り、正午にはお気に入りの公園で一服する。それが仕事がないときのルーティンだ。いまだ全面禁煙化の条例から免れている公園には同じような愛煙家難民が押し寄せる。中には顔見知りになった者もいて、巻矢に気がつき笑顔を見せてきたのは公園に隣接する病院の老医師だった。

「よお。健康かい？」

「さあな。ぼちぼちだ」

「あんまり吸い過ぎはよくないぞ」

「ヘビースモーカーの医者に言われてもな」

「我慢もよくない。息抜きは大切だ。吸いたきゃ吸え。ガンガン吸え」

美味《うま》そうに煙草を吹かしながら、にんまりと笑った。

「健康ってのは体に悪いことをし続けるために必要なもんなんだ。好きなもんを好きなだけ食って飲んでいたければいつまでも健康体でいることだ」

「それは両立することなのか？」

「そりゃまあ、両立すんなら医者は要らねえわな。ひひひ」

人を食ったような会話だが、巻矢には不思議と不快ではなかった。

「人間って死んだらどうなると思う？」

「何だい。やぶからぼうに」

「ちょっとな。医者の死生観ってのを聞きたくなった。幽霊はいると思うか？」

「はっ。幽霊ときたか。この商売を長いことしてるとな、幽霊の目撃情報を多く耳にする。オレはその話を聞くたんびに同情しちまうのさ。だってよ、せっかく健康とは無縁の存在になれたっつーのに酒も煙草もやれないんだぜ？　見ているだけなんて気の毒だ。さっさと成仏しろって思うわな」

老医師は煙草を長々と吸い込んだ。

「未練は残しておくもんじゃねえなあ。煙草は絶対やめねえよ」

幽霊の有無はともかくとして、後悔しない生き方を推奨する。その結果たとえ寿命を縮めたとしてもだ。医者らしからぬ言葉だが、たくさんのひとの生死を見てきたからだろう、含蓄があるような気がする。

老医師に缶コーヒーをあげてから公園を後にした。

見ているだけなんて気の毒だ——確かに、そうだ。いくら『お供え物』に手をつけても実際に食べられるわけではない。そこにいるというだけで現世には何の干渉もできないでいる。それがどんなにもどかしいものであることか想像すらできない。

人香がいる日常を当たり前と思うな。

いつ消えるかもわからないのだ。

珍しくその気になっており、幸いにして今日は暇だった。人香もいないので誰に遠慮する必要もない。後回しにしすぎて未練になっても事であるし。

人香を成仏させようと思った。

＊

人香の実家に辿り着く。前に一度だけ訪れたが、道をしっかり覚えていた。二階建ての一軒家。昭和後期に建てられたこの古びた家屋に母ひとり子ひとりで暮らしていた。人香が行方不明になった今、ここには母親だけが住んでいる。

途中立ち寄ったスーパーで小豆を購入した。小正月に小豆粥《がゆ》を食べないのかと人香からしつこくせがまれたのは、月島家では毎年恒例だったかららしい。小豆粥はこれまで作ったことがなく、それも母の味を恋しがっている野郎なんかのために作ってやる気は微塵《みじん》も起きなかったが、しかし今回、せっかくなので人香の母親に習いにいくことにした。もちろんこれは訪問の口実にすぎない。本当の目的は人香失踪の原因を探ることである。以前にも話を聞いたことがあるが、時間を置いた今なら違う話が聞けるかもしれない。

いつもならこんな小細工はしない。仮にも一人息子を失った母親に尋問を仕掛けるのだ、巻矢であっても緊張するし取っ掛かりが必要だった。

唐突であることは十分承知している。母親も何事かと思うだろうし、すぐに口実だと気がつくだろう。だからこそお互いの気まずさを多少なりとも緩和させる小道具に小豆を用意したのである。

表札を確認し、インターホンを押す。しばらく待った後、再びインターホンを二度三度と押すと中から物音がした。在宅らしいことはわかったが、外まで聞こえた大きな音に眉をひそめる。バタン、という何か重いものが倒れたような音だった。まさか。

玄関に駆け寄り扉のノブを引くと、鍵が掛かっておらず、開いた。

「月島さん！　いるのか⁉　あんたの息子の元同僚の巻矢だ！勝手に上がらせてもらうぞ！」

すると、さらに奥のほうから勢いよく扉を開閉する音が響いた。徒事《ただごと》ではない雰囲気に元刑事の勘が働く。やたら高い上がり框を上がり、小走りに廊下を渡るとダイニングキッチンに飛び込んだ。注意深く室内を見渡し、閉じた勝手口に視線が吸い寄せられる。ノブのところ、サムターンが縦に回っているので鍵は掛かっていない。先ほどの開閉音は誰かがこの勝手口から出て行った音だろうか。

思わず舌打ちする。呼びかけに反応して逃げ出した時点でそいつが家人やまっとうな客人でないことは明らかだった。空き巣かそれに類する犯罪者だと考えるのが妥当であり、すぐに追えば捕まえられたかもしれないのに慎重を期したのは、そいつが単独だという確証がなかったからだ。空き巣が家人と鉢合わせした途端に強盗に化けるのはよくあることで、複数犯であれば仲間を逃がすために居残った人間がいることもありえた。襲撃者に備えたために一旦立ち止まったのだが、結果的に何者かを取り逃がすことになった。

……いや、まだ気を抜くな。巻矢は落ち着いて辺りに気を配る。まだ屋内に共犯者が残っているかもしれない。二階までのすべての部屋を調べる必要があった。もしかしたら人香の母親が囚《とら》われている可能性だってある。

勝手口の鍵を締め、一階の各部屋を見て回る。洗面所、浴室、客間、リビングと順に回っていくうちに屋内に巻矢以外の気配がないことが感じ取れた。

二階に上がる。母親の寝室はドアから覗くだけで入るのは遠慮したが、人香の部屋には興味が湧いた。部屋はその主の人となりを映す鏡だ。警察官時代は同じ独身寮に閉じ込められ、一部屋を二人か三人で使っていたので公私などあってないようなものだったから、初めて人香のプライベートを覗くことになる。高校まで過ごした部屋とはどんなものか。ドアを開けた。

「……思いのほかフツウだな」

テレビがあり音楽プレイヤーがあり本棚には小説や漫画が並んでいる。一般的な男子高校生の見本のような部屋だった。考えてみれば、独身寮に移るときに見られて困るものはあらかた処分したはずで、何かを期待するほうが間違っていた。

警察小説が多い。漫画はサスペンスやミステリ物が目につくが、警官が主人公の古いアクション物がとりわけ目立つ場所に置いてあった。どうやらお気に入りだったようだ。巻矢も子供の頃に読んだ記憶があるが、荒唐無稽すぎて途中で読むのをやめた作品だ。

ほかにも写真立てがいくつか並んでいる。警察学校卒業式の日の、母親とのツーショット写真。はにかんだ笑顔。きっと、子供の頃からの夢を叶えた瞬間に違いない。

結局、二階には誰もいなかった。

一階に下り、もう一度リビングに入ると隅にある仏壇に目が留まった。月島家の先祖だろう、古い写真が立てかけられていた。人香の祖父と祖母、曽祖父母と思しき白黒写真まで。遺影に対して失礼ではあるが、特に目を引くものではない。

「……？」

ふと、奇妙な違和感を覚えた。写真自体におかしなところはない。引っ掛かったのは写真の種類だ。最も重要なものが欠落している。この家のどこにも……。

玄関で鍵を掛ける音がした。ドアノブを引くが、ドン、と硬い音に阻まれた。開かなかったのだ。一拍置いて、再び鍵を開ける音が鳴る。

人香の母親が帰ってきたのかもしれない。出掛ける際に締めたと思っていた玄関の鍵が開きっぱなしだったことに気づかずに鍵を締め、いま再び開けたのだ。

さて。留守中に勝手に上がったことをどう説明したものか。頭を掻きつつリビングを出ると、廊下の先からこちらに銃口が向いていた。巻矢は仰け反るようにして立ち止まると、思わず顔を渋くした。

「止まりなさい！　少しでも動けば両足を撃ち抜くわよ！」

凛《りん》とした声。顔を確認するまでもなくそうとわかる。

「ま、待て！　俺だ、俺！　んな物騒なモン早く仕舞え！」

「……誰よアンタ。住居不法侵入のうえ空き巣の現行犯、並びにオレオレ詐欺の容疑で逮捕してやろうかしら。撃たれたくなかったら両手を頭の後ろに組んで床にうつ伏せになりなさい！」

「あのな、若葉」

「伏せなさい！　早く！」

銃口を振って指図する。目が据わった今の若葉には何を言っても火に油だと悟り、巻矢は観念してその場で膝を屈《かが》めた。

＊

寺脇若葉は一つ年下の従妹で、昔から口げんかが絶えなかった。何事もそつなくこなす巻矢の有能さと、それに張り合おうとする若葉の負けず嫌いが不幸にもかみ合った結果である。

巻矢が偏差値の高い高校に入学すれば若葉も志望校をそちらに変えた。巻矢が運動部で活躍すれば若葉も同じ部活に入って張り合った。勝ち負けがはっきりしなければ巻矢が音を上げるまで絡みつく。中学まではそんな若葉を返り討ちにするたび悦に入れたが、体格差が現れだした思春期からは執着されることにうんざりした。もしや愛情の裏返しかと勘繰ったこともあったが、他意がないことは若葉の口から罵詈雑言《ばりぞうごん》とともに伝えられている。ただただ巻矢のやることなすことすべてが気に食わないらしい。どうしても常に巻矢の上でなければ気が済まないという。はた迷惑な性である。しかし、警察官を目指したときだけは違った。たとえ巻矢が別の職業に就いていたとしても若葉はきっと警察官を選んだはずだ。偶々同じひとに憧れただけで若葉の視線の先にも月島人香の背中があったから。かくして若葉は警察学校を首席で卒業し、念願叶って人香と同じ警察官となり、志望も虚《むな》しく人香のいない刑事課へと配属された。そして、

初恋は実り人香の恋人になった。

背中に拳銃を突きつけられながら月島家に侵入した経緯を説明した。玄関から物音がして踏み込み、奥から勝手口が閉まる音がして上がり込んだ。動線を再現しながらダイニングキッチンまでやってくる。

「勝手口からそいつは出て行った。慌てて出て行ったから空き巣の可能性がある」

「勝手口？　鍵締まってるじゃない」

「俺が締めたんだ。まだ中に仲間がいるかもしれなかったから逃走路を塞いだんだ」

「信用できないわ」

「……どうして俺が大恩ある月島家に盗みに入るんだ？　まずは動機を疑えよ」

冷たい声で。

「あんたが警察を辞めて始めた商売がうまくいかなくて、人の好い月島家のひとたちから金品を騙し取ろうと思い来てみたら留守だった。作戦変更。シメシメこれで今日も飯にありつけるぜ、と喜んでいたところをあたしに目撃された。これでどう？」

ぐり、と銃口を背中に押しつける。こいつ……親戚に対してなんという嫌疑を掛けるんだ。人香がいなくなってからさらに性格が歪《ゆが》んでないか。

「そこまで疑われると泣きたくなるな」

「じゃあ何しにきたのよ？」

「料理を習いにきた。この袋がその証拠だ」

小豆が入ったレジ袋をテーブルの上に置く。若葉は「本気で言ってんの？」と憐れむかのように言った。

「普段は接点ないくせにいきなり料理を教えてくださいだなんて相手を困惑させるだけじゃない。元刑事ならもう少し気の利いた口実を作りなさいよ」

「む」

巻矢の本当の目的が人香の捜索であることくらい若葉もどうせ見抜いているのだろ

うが、自分としては料理は妙案だと思っていたのでその指摘は甚だ不本意だった。

……こいつ、まだ俺が警察を辞めたこと根に持ってやがるのか。

「そもそもどうやって留守宅に上がり込んだわけ？　玄関の鍵は締まっていたはずよ」

「だからっ、先に侵入していたやつがいてだな！　……いや待て。それを言うならおまえこそ、どうしてこの家の鍵を持っていたんだ？」

「明日香《あすか》さんに合鍵を持たされたからよ。あんたと違って信用されているもの」

明日香さんというのは、確か人香の母親の名前だったか。

若葉は人香の恋人で、母親からすれば息子の将来の嫁である。合鍵を渡していてもおかしくない――のか？　その辺りの距離感は正直わからん。

ん？　待てよ。若葉と鉢合わせしたあの瞬間も、思えばおかしかったような……。

「おまえ、玄関を開けて入ってきたときすでに拳銃を抜いてたよな？　あれ、どういうことだ？　中に空き巣がいるって知ってたってことか？」

「そうよ。だって玄関の鍵が開いているなんて考えられないもの」

「どうしてだ？　お袋さんが在宅なら不思議でも何でもないだろ」

そりゃあ女性の一人暮らしで鍵が開いているのは無用心だが、考えられないなんてのは言いすぎじゃないか。鍵の締め忘れくらい十分にありえるだろうに。

「知らなかったの？　明日香さんはいま入院中よ」

「入院？　どこか悪いのか？」

「よくは知らないけど、持病が再発したから手術したって。命に係わるようなことじゃないそうよ。あ、手術は成功だったって」

そうか。それはよかった。にわかに空気が弛緩《しかん》した。

「というわけで、この家の鍵を開けることができるのは合鍵を持たされたあたしだけってことよ。わかった？」

若葉は入院中の母親のために着替えを取りにきたという。しかも、前回来たのは一昨日で、そのとき戸締りを怠らなかった自信が若葉にはあった。なるほどな。なら、鍵が開いているってだけで空き巣を疑うのも無理はない。若葉の性格ならなおさら。

「人香かも、とは思わなかったのか？」

合鍵を持っていてもおかしくない人物といえば、まず人香を疑うだろうに。

「はあ？　人香さんはあんたみたいに無駄に大きな足してないわよ」

「……ああ、玄関の靴を見て判断したのか。そういや、人香は足が小さかったな」

男物というだけでは人香の靴かどうかの判断は難しい。しかし、靴のサイズまでは間違いようがない。憎たらしいがよく観察してやがる。

「というか、あんたいつから人香さんのことを呼び捨てにしてるの？」

ゴリッ、と銃口を押しつける。今までで一番痛い。

呼び捨てにし始めたきっかけなら明確に覚えているが、それは人香が幽霊として現れた後の話だ。人香が今でも生きていると信じている若葉に話すわけにはいかない。

「いま気にすることか、それ？」

「あんたの舐《な》めた態度を放っておけるわけないでしょ」

社会人になってからは無駄に突っかかってくることもなくなったのに、人香のことになると今でも対抗心をむき出しにしてくる。いい加減、それも直してほしかった。

「……職場では弁《わきま》えてたが、プライベートでは友達だったんだ。警察を辞めてからはさらに意識しなくなった。悪いか？」

「生意気なのよ。警察を辞めたのはあんたの勝手だけど、それで人香さんと対等になった気でいるならお門違いだわ。あんたなんか人香さんの足元にも及ばないんだから」

「何の話だ⁉ ったく、んなこと思ってねえよ。それに、呼び捨てにしてほしいって言ったのは人香のほうからだ。文句があるなら人香に言え。……見つかったらよ」

「人香さんから……？」

背中に掛かっていた圧が消える。どうやら拳銃を下ろしてくれたらしい。

「人香さん、どうしてこんなしょうもない男と友達なのかしら……」

「俺から言わせれば、人香はどうしておまえみたいな暴力女と付き合えているのか不思議でしょうがねえよ危なッ⁉　拳銃を向けるな⁉」

振り返った瞬間、眉間に銃口が向けられて仰け反った。洒落《しゃれ》にならないからマジでやめろ！

危険な行為に反して若葉の顔は拗ねたように渋面だった。

「人香さんが帰ってこないのってあたしのせい……？」

「はあ？」

「だって！　あんたが言うようにあたし、……カノジョっぽい可愛《かわい》らしいことしてあげられなかったから」

心細さもあるのだろうが、割と本気で言っていた。こいつ、偶に馬鹿になるよな。

人香とどんな交際をしてきたかなんて知りたくもないが、若葉の性格からして素直に甘えたりできなかったはずだ。きっと温《ぬる》い交際だったに違いない。似合っちゃいるけどな。

若葉は馬鹿だが、それが原因で出奔したのなら人香はもっと大馬鹿ということになる。そして、そんなくだらない痴話げんかに巻き込まれて仕事まで変えた巻矢が一番馬鹿を見たことになり、涙目の若葉を慰める気にもなれない。

ほんと、ばかばかしい。

「んなこと言ってる場合じゃないだろう。俺への疑いが晴れたかは知らんが、何者かに不法侵入されたことは確かなんだ。そっちに集中しろ」

若葉はすんと鼻水を啜《すす》ると、キッと睨みつけてきた。

「あんたのことはまだ疑ってるから」

別にそれでも構わない。萎《しお》れられているよりはずっとマシだった。

「何度もこの家に通ったことがあるなら何か無くなってる物がないかわからないか？」

「あんたが本当は空き巣だとしたらマヌケなことこの上ないけど、いいわ。それ、探してあげる。でもその前に応援呼ぶけど、いいわね？」

「ああ。それが正しい判断だ。警察が来たら現場を保存して見分、俺たちの供述調書を取らせろ。俺だけならともかくおまえにまであらぬ疑いが掛けられたら人香に顔向けできん」

最後のは余計だったかもしれないが、若葉は目を眇《すが》めるだけで特に何も言わなかった。

若葉が通報している間にこちらもできるかぎり状況を把握しておく。改めてダイニングキッチンを見渡した。あまり広くないスペースを六人掛けのテーブルが占拠し、テーブルの上には巻矢が買ってきたスーパーのレジ袋が置いてある。ほかにはティッシュ箱と布巾があるだけだ。大きな食器棚には炊飯器、トースター、電気ケトルなどが並んでおり、その手前をキャスター付きの調味料ラックが塞いでいる。シンク横の作業台には手のひらサイズの観葉植物や木製のバナナスタンドなどがオシャレに飾ってある。綺麗なものだった。とてもよく整理整頓されている。人香の母親が几帳面なのか、一昨日訪れた若葉の仕業か。こうも掃除が行き届いているなら荒らされた箇所を特定するのも簡単と思われた。巻矢には無理だがきっと若葉なら違いに気づけるだろう。

「……若葉、電話を切れ」

まだ架電先と繋がっていないのか無言でこちらを窺う若葉。

もう一度言う。

「電話を切れ。まだ通報するな」

「……なによ。どうかしたの？」

巻矢のあまりの真剣さに不穏な空気を感じ取ったのか、素直に応じてスマホを下げた。巻矢の視線を辿る。そこはシンクの横。バナナスタンドだ。

ひと房のバナナが吊るされている。

そして、その台座を重しにした一枚のメモ用紙に気づいた。

「書置き？」

「そうみたいだが、一体誰が残していったものだろうな」

＊

〔無事に帰ってくることを祈る〕

メモ用紙にはそう書かれていた。

「おまえが書いたのか、若葉？」

「違うわよ。どうしてよ。誰宛によ」

「だよな。おまえが書くわけないか」

いま口にした疑問がすべてを物語っている。文面は、入院している母親の無事を祈るような内容だ。母親と直《じか》に会っている若葉が書くのは不自然である。

「人香のお袋さんが残していったってことは？」

内容はひとまず置いておく。ここに書置きを残しておくことができる人間でまず考えられるのは家主だ。

「一人暮らしの明日香さんが誰に宛ててこんなもの残しておくっていうのよ？」

「それは知らん。日常的に訪ねてくるひとがいたのかもしれんしな」

いくら若葉でも彼氏の母親の交友関係までは知らないだろう。可能性はゼロじゃない。

「そのひとが無人の家に上がり込んで、あんたが来たから慌てて出て行ったっていうの？」

「かもしれん、ってだけだ。もしそうなら通報すると困るのはお袋さんとそのお友達ってことにもなりかねない」

だから若葉には一旦スマホを仕舞わせたのだ。情報が混線しているうちは騒ぎを大きくしないほうがいい。

「空き巣じゃなかったってこと？」

「……まあ、だとしても勝手口から逃げ出すのはおかしいよな」

母親と知り合いならそう説明すれば済む話だ。出会い頭に拳銃を向けられるかも、と心配したわけではまさかあるまい。そんなものは例外中の例外、特例中の特例で、現代日本においてまず起きえないシチュエーションである。若葉と遭遇さえしなければ、な。

何も逃げ出すことはないはずだ。

逃げるのは何かよからぬ事をしていたからか。あるいは……。

「これを書いたのがお袋さんだったと仮定して、……いつ頃書いたと思う？」

「一昨日来たときはなかったわ」

「じゃあ昨日だな。お袋さんが病院を抜け出したってことは考えられるか？」

「……ないと思う。もし簡単に抜け出せるならわざわざあたしに着替えを取ってきてなんて頼まないわよ」

それもそうか。若葉に頼むほうがかえって手間だし、自分が着る服——特に下着なんかはできることなら自分で見繕いたいと思うはずだ。

「お袋さんの線は消えたな。となると、さっきまで不法侵入していた誰かが残していったと見るべきだろう」

若葉は親指を唇に当てた。考えるときの癖だ。

「空き巣が犯行を誤魔化すために書いていったってことはない？　この内容なら明日香さんを労《いた》わっているようにしか見えないし、もしかしたら家族や知人を疑うように仕向けているのかも……。ほら、今のあたしたちみたいに」

「そんな頭の悪い空き巣いるわけないだろ」

「どうしてよ⁉」

「おわ⁉　ど、怒鳴るたびにいちいち拳銃を向けるな！　恐いだろうが！」

しかも正確に眉間に照準を合わせるな。どこの殺し屋だ、おまえは。

反射的に両手を上げつつ、説明する。

「犯罪全般に言えることだが、犯人にとって犯行が発覚しないことが一番安全なんだ。本当に厄介な泥棒ってのは盗んだことを家人にしばらく悟らせないやつのことを言うんだ」

そうすりゃいつ盗まれたのかわからないし、発覚しても時間が経ったときにはすでに証拠は生活していく中で勝手に上書きされている。わざわざ「侵入しましたよ」ってなアピールを自らするなんて捕まえにきてくれと言っているようなものだ。

「そうかしら。怪盗よろしく犯行声明を残していったのかもしれないわよ」

「む……」

なるほど。確かにその可能性もなくはない。一人暮らしの女性宅を狙って書置きだけして出て行く変質者。そう考えればこの文面も皮肉たっぷりに聞こえる。

だが、

「可能性は薄いだろうな。ケースが特殊すぎる。似たような事件がご近所で頻発しているなら一考の余地もあるが」

「明日香さんが最初の被害者かもしれないじゃない」

「本当にそう思うのか？」

「……」

黙りこくる。若葉とて現職の警察官だ。それも刑事課に所属する捜査官。現場の匂いには敏感だ。巻矢も感じているのだが、この現場には変質者の犯行を匂わせる気持ち悪さがない。犯人にとって被害者の反応が自己顕示欲を満たすご褒美であるのに、この書置きにはそこまで恐怖を煽る気味悪さがなかった。下手をすれば親戚か誰かが見舞いにきたのかと勘違いされそうな一文だ。恐怖を煽りたければもっと直接的な表現を使うはず。

それに、怪盗めいた変質者なんてものをいちいち認めていたら切りがない。ここはシンプルに空き巣かそうでないかで絞ったほうがいいだろう。

「そして真っ当な——というのもおかしいが——空き巣なら絶対にこんなことはしない。俺は最初から、そいつは自前の合鍵を使って堂々と侵入したと思っている」

人香の母親が若葉にそうしたように、信頼して手渡した合鍵で。

「お袋さんの親戚か、あるいは家族の可能性が高い」

まず若葉を疑い、次に母親を疑ったのは可能性の高い順だった。ふたりが違うというなら、次に疑うのはほかの家族になる。月島家に残された最後の一人——。

「……」

何かを悟った若葉はふらりと立ち位置を移動し、バナナスタンドの前に立った。

メモ用紙に指をつき、一文を上からゆっくりとなぞった。

愛《いとお》しむように、

「そっか。これ、人香さんが残していったのね」

今にも泣きそうな声でそう呟いた。

＊

――ん？

何だ？　どうしてそうなる？

若葉の意外な解釈を受けて思わず固まってしまう。時間が止まったかと思った。

ああ、そうだった。若葉はまだ人香が生きていると信じているのだ。息子が母の入院を知りこの書置きを残していったのだと勘違いしていた。文面も、若葉と違い行方不明の人香であれば不自然なく読める。

「人香さんが帰ってきた……」

若葉の目が潤んだ。バナナスタンドの前、メモ用紙にペンを走らせる人香の幻影が見えているのだろう。きっとそれは二年前までは当たり前にあった光景で、このキッチンで、部屋着姿の人香が母親の料理をつまみ食いしている、そんな温かな日常だった。

巻矢には見えない。幸せにあふれたその光景にはおそらく若葉も交じっているのだろうが、この先の未来にそれが実現しないことを知っている。

巻矢だけが知っている。

人香はもう死んだのだ。

「ちょっと待って！」

はっとして、若葉が猛然と振り返った。

「さっきまでここに人香さんがいたってことでしょ⁉　あんた何で追いかけないの⁉」

「何でって……説明しただろ？　最初は空き巣かと思って、まだ仲間が潜んでいるかもしれなかったから家の中を見て回ってだな」

「そんなの知らないわよ！　人香さん、すぐそこにいるのよ！　今からでも遅くないわ！　探すのよ！　まだ遠くに行ってないかもしれない！　ほら、急いで！」

「待て待て待て！」

今にも駆け出そうとする若葉の手首を咄嗟に摑んだ。

「早まるな！　まだ人香だと決まったわけじゃないぞ！」

決まっていないどころか、人香のわけがない。ないのだが、それを正確に伝えることは難しい。というかできない。人香の幽霊が見えるなどと言えば今度こそこの場で射殺されかねない。

強く手首を摑んでいると、痛い放せと喚いた。

「あんただって家族の可能性が高いって言ったじゃない！」

「あくまで可能性の話をしただけだ！　お袋さんの親族は人香だけとは限らんだろ！」

「あたしはずっとこの家のことを見てきた！　親戚のひとが訪ねてきたことなんてないし、明日香さんの口から話題に出たこともないわ！　人香さんしかいない！　人香さんなの、絶対！　あたしにはわかる！　ううん、あんたにだってわかるはずよ！」

「どういう意味だ……？」

巻矢の手を力いっぱい振りほどくと、アゴでしゃくって視線を誘導する。書置きではなく、バナナスタンドに注意を促した。新品の艶やかなバナナが吊るされてある。

「さっき気づいたんだけど、これ、人香さんが持ってきたもので間違いないわ」

「どうしてわかる？」

「一昨日はなかったから。そして、人香さんの一番好きな食べ物はバナナだった」

それは知っている。

いやいや、しかしそんな安直な……。

「どうしてバナナスタンドがあるか知ってる？　これ、人香さんがいなくなった後に購入したものなの。明日香さんが、いつ人香さんが帰ってきてもいいようにってバナナを常備できるように。人香さんがバナナスタンドの存在を知っていたのかはわからない。でも、こうしてバナナを置いていくことでメッセージになる」

書置きが人香からだと伝える暗号――そう言いたいらしい。

「……」

「どう？」

「なるほどな」

若葉のおかげでますます得心がいった。図らずも、巻矢が築いていた考えを補強した。

「これでわかったでしょ？　あんたが言う空き巣は人香さんで、まだ近くにいるかもしれない。今から応援を呼ぶわ。みんな、人香さんのこと心配していたもの。きっと捜索を手伝ってくれる」

刑事課や顔見知りの警察官を動員するつもりらしい。大捜索を開始するべく若葉はスマホを再び取り出した。

「若葉」

「何よ」

乱暴に手首を掴むような真似はもうしない。優しく諭すように言った。

「おまえが言うようにバナナは人香を示す暗号だったとしよう。じゃあ何でそんな回りくどいことをする？　書置きに名前を書けばいいじゃないか。なんだったら病院に直接見舞いに行けばよかったんだ。どうしてそうしない？　人香は何がしたいんだ？」

スマホを扱う手が止まる。書置きにばかり気を取られていたが、根本的な「動機」についてまだ何もはっきりしていないことにようやく気がついた。

「こんなコソコソしているのはなぜだろうな」

いや、たぶん気づいていたのだろう。若葉は悔しそうに唇を噛んだ。

「……あたしたちにそれと気づかせないため、かもね」

「ああ。おそらくお袋さんにだけは伝わることを信じてこの書置きを残していったんだ。もしかしたら、かなり危ない橋を渡ってな。あいつは今のっぴきならない事態の渦中にいるのかもしれない。そしてそれは、俺たちに知られると困ることなんだ」

テーブルの椅子に座る。追いかけないという意思表明でもあったが、少しだけ迷った後に若葉も倣って腰掛けた。短気な性格だと思われているが若葉はこれでも冷静に物事を捉えている。分別がなければそもそも警察官になんてなれないし巡査部長にも昇任できていない。癇癪《かんしゃく》を起こすのはいつだって巻矢に対してだけなのだ。

しばらく沈黙したあと、巻矢から口を開いた。

「思えば人香は……月島先輩は、昔からそうだった。学生時代に俺たちを助けてくれたときもそうだ。いつも誰かのために働いていた」

昔、ストーカーに付きまとわれた若葉が窮地に陥った。その異変にいち早く気づいて立ち回り、救ってくれたのが人香だった。特に将来の夢や展望を描いていなかった巻矢と若葉は、雛《ひな》が親鳥だと思い込む刷り込みのように一目で警察官に憧れた。

ふっと笑みがこぼれた。

「つっても、いざ警察官になってみたら今度は先輩のドジっぷりにめちゃくちゃ驚かされたけどな。好奇心や思い込みで飛び込んで些細《ささい》だったトラブルを大事に発展させたこと数知れず。連日始末書を書かされていたっけ。後輩の目から見ても、正直使えないやつだった。使えないどころかトラブルメーカーでしかなかった」

怒るかと思いきや、若葉も口許に笑みを浮かべていた。トラブルメーカーだったのは事実だ。けれど、人香が起こした失敗はほとんどがユーモラスで後に笑い話になることが多かった。

「知ってる？　あたしたちがまだ警察官になる前、一般人のけんかの仲裁に飛び込んだら人香さんだけが大怪我したって話」

「ああ。勝手にスッ転んで頭を割ったってやつだろ。一面血の海で、けんかしてたやつらが慌てこくって救急車を呼んだんだってな。笑えるのが、原因のふたりが救急車に同乗して一緒になって朦朧《もうろう》とする先輩を励ましたんだと。一体どこのコントだよって話だよな」

ふたりして声に出して笑った。にわかに人香がいた頃の空気を取り戻した。

「月島先輩は優しくて人情味あふれる警察官だった」

「うん」

「そんなやつがいま俺たちから逃げ回っている」

「……」

「何か事情があるんだろう。人香のことだ、きっと今も誰かのために馬鹿な目に遭っているに違いない。それを邪魔していいんだろうか？」

返事はなかった。だが、若葉が目を伏せたことが答えだった。

こんな言い回しは卑怯《ひきょう》だと自分でも思う。いや、もっと質《たち》が悪い。人香がとっくに死んでいることを隠して、生きていると信じて疑っていないふうを装いながら、一刻も早く恋人に会いたがっている従妹に「人香の迷惑になるんじゃないか？」と神妙な顔で諭しているのだから。人でなしだと自覚する。

若葉は改めて決意を漲《みなぎ》らした。

「あんたは積極的に探す気ないんだろうけど、あたしはまだ諦めたわけじゃないから。人香さんが会いたがらなくても絶対に見つけてやるんだから」

今は迷惑がられるかもしれないから身を引くだけで、若葉の決意は一切ぶれない。その真《ま》っ直《す》ぐさが羨ましい。……どうしてあいつは俺のところに化けて出たんだろう。俺だって生死を知らずにいたらがむしゃらに追いかけられたのに。

若葉は椅子から立ち上がり、うん、と伸びをする。晴れ晴れとしていた。

「でも、いいや。人香さんは生きている。それがわかっただけで今は嬉しい」

「……そうだな」

ちくりと胸が痛んだ。


若葉が今から母親の着替えを見繕うと言い、見ているわけにもいかないので巻矢は月島家を出ることにした。

この後病院に行くというので、一応訊いておく。

「お袋さんにこの書置きのこと話すのか？」

「当然じゃない。明日香さん、きっと大喜びするわ！」

どうだろう。人香の書置きかどうかはっきりしない今の状況では、自宅を何者かに不法侵入された恐怖のほうが勝るんじゃなかろうか。

もう一つ。こっちは絶対に訊いておかなければならなかった。

「若葉はお袋さんがいつ退院するか知っているのか？」

はあ？　と、怪訝そうな声を上げた。

「知るわけないじゃない。今も想定より入院が長引いているって話だし。明日香さん本人にだってたぶんわからないわよ」

「……そうだよな。まったくそのとおりだ」

巻矢は納得して玄関に向かった。上がり框に腰を下ろして靴を履く。古い家だからだろうか上がり框がやけに高かった。座るには十分な高さだが、反対に上がりにくい高さだと思った。たとえば腰を屈めて上がり框から靴を取ろうとしたら、バランスを崩してぶっ倒れそうである。

「あ、小豆置いてきちまった」

革靴をまた脱ぐのは面倒だ。若葉が処分してくれるだろうと適当に考えて、そのまま玄関を出て行った。

＊

人香の母親が入院している『日中《ひなか》総合病院』までやってきた。

見舞いにきたのではない。そのつもりなら若葉のクルマに乗せてもらって一緒に来ていた。……乗せてくれる保証はないが頼み込むことくらいはしている。病院の敷地に沿って歩道を進み、やがて見えてきたバス停のベンチを窺う。はたしてそこに人香はいた。

数日前、人香が話してくれた女の子の幽霊が出るという怪談の舞台にされた神社が、確かこの辺りだったと思い出した。そのとき人香はバス停で時間を潰していたところを女子大生に絡まれて幽霊探しに付き合うことになった、という話であった。

そもそもなぜそんなところに人香はいたのか。

バス停の名前は『日中総合病院前』。——病院前と謳《うた》いつつ病院の入り口まで二百メートルは歩かせるこの距離には、さすがに苦情がありそうだ。そんなことを思いつつ、黙って人香の隣に腰を下ろした。

「巻矢？　珍しいですね。こんなところで。具合でも悪いのですか？」

ほかにバス待ちをしているひとがいなかったので、声を低めることなく言う。

「病院に用があったんじゃない。おまえがいるんじゃないかと思っただけだ」

「どういうことです？」

「おまえん家《ち》に行ってきた。偶々若葉とかち合って、おまえのお袋さんがそこの病院に入院しているって聞いてな。たぶんこのバス停だと思った」

「そうですか。参りましたね。巻矢に隠しごとはできませんね」

こちらとしては当てずっぽうだったのだが、やけに買《か》い被《かぶ》られたものである。

「隠していたのか？」

「はい。余計な心配を掛けさせるのもどうかと思いましたので。私にはこうして見守ることしかできませんから」

見舞いに行っても意味ありませんし——と、少し寂しそうに言った。

「いつ知ったんだ？　お袋さんが入院したこと」

「入院する前です。以前から母の様子をたびたび見ていたのですが、母が病院に診察を受けに行ったときお医者さんから手術を勧められたのを一緒に聞いていまして。幽霊が付きっきりというのも縁起が悪そうだったので、ここから退院をお祈りしていました」

「入院が長引いているそうだ。おかげでお袋さんの着替えを取りにきた若葉とばったり会っちまった。あいつに拳銃を突きつけられた」

「相変わらず仲が良いですねえ」

微笑《ほほえ》ましく言うが、どこが？　拳銃を無遠慮に突きつけることが気を許している証《あかし》だとでも？　人香の価値観を疑うが、だからこそ若葉と付き合えているとも言えた。似た者カップルというわけだ。

「若葉はまだおまえが生きていると信じている。俺は何も言えなかった」

不意に人香は悲しげな顔になる。

「巻矢にそこまで背負わせるつもりはありませんよ。失踪者が生死不明のまま七年経てば法律的に死亡したとして扱われます。私の遺体が見つからなくてもいずれは死ぬときがくるのです。あと五年です。そのときまで無理に話す必要はありません」

そうだ。そのときが来れば人香の死は自動的に公認される。若葉にも母親にも巻矢の口から説明する必要なんてなくなる。でも、それをありがたいとは思えなかった。

巻矢だけが人香と死んだ後でもこうして意思疎通ができていることに罪悪感を覚えていた。恋人と肉親から大切な権利を奪っている気がしてならなかった。

五年も待っていられるか。

「望むと望まざるとにかかわらず俺はおまえを成仏させるぞ。そのためにもおまえの遺体を見つけ出す」

人香は目を丸くした。巻矢にそのつもりがあることは知っていても、こうして熱意を持って宣言されたのは初めてのことだった。

「なんだか気恥ずかしいですね。巻矢、熱でもあるんじゃないですか？　病院ならすぐそこですよ」

「茶化すな。去年、おまえに取り憑かれてからというもの、いやその前からも、俺は暇さえあればおまえの遺体を捜していた。でも、何一つ手掛かりが見つからなかった。おまえの遺体は一体どこにあるんだ？」

「それが最大の謎です」

「まだ思い出せないのか？」

これまでにも何度となくしてきた質問だった。人香は肩を竦《すく》めた。

「私の記憶は曖昧です。私が失踪して二年になると巻矢は言いますが、私にはその間の記憶がありません。ある日突然、目の前に巻矢がいたのです。巻矢に取り憑いた瞬間から私の幽霊生活が始まりました」

「二年分のインターバルがないなら死ぬ直前の記憶ははっきりしていそうなもんだけどな。生前、死因に繋がりそうな出来事とか何かなかったのか？」

自嘲して、

「何も。いつもどおりの日常を送っていたと思います。特にトラブルに巻き込まれたということもありませんでした」

記憶さえ蘇《よみがえ》ればすべて解決するというのに。もどかしいことこの上ない。しかし、人香はまるで他人事のようにあっさりしていた。諦観とは違う、奇妙な冷淡さをまとわせて何でもないことのように笑うのだ。以前はそれを、幽霊になった衝撃が強すぎて記憶喪失程度では動揺しようにもできない精神状態なのだろうと勝手に解釈していたが、巻矢がその気を見せてさえ変わらない温度差に一つの仮説が思い浮かんだ。

「おまえ、偶にひとりでぶらついているが何をしているんだ？　お袋さんの様子を見守っているだけじゃないだろ。一体何を探している？」

人香の笑みが能面のように動かない。疑惑はますます深まっていく。

「おまえが成仏できないのは自分の死因がはっきりしないからだと俺は思った。おまえも自覚はないがそれを突き止めようと動いているんだと思っていた。それが未練なんだと考えた。でも、そうじゃないんだろ？　おまえは自分の死因にはまるで興味がなさそうだった。普通なら——死んだら化けて出るのが普通っていうなら、自分がなぜ死んだのか知りたいはずだ。事故にせよ他殺にせよ、不慮の死の真相を知りたいと思うはずなんだ。俺なら絶対に調べる。おまえの立場だったら絶対に。だが、おまえはそんなものに最初から頓着していなかったように見える」

考えられることは二つ。一つは、記憶を思い出しているか独自の調査で死因に辿り着いているかしてとっくに遺体の在処《ありか》を割り出しているということ。すでに謎が謎でなくなっているのなら焦ることもないし、興味がないように見えてもおかしくない。

もう一つは、人香の未練はそもそも死の真相を解明することではなかったということだ。巻矢が勝手に勘違いしていただけで人香の未練は別にある。

「知っているんなら答えてくれ。おまえはどうして死んだんだ？」

しばし沈黙が流れた。バス停に一台のバスがやってきて、巻矢を誘うように乗り口が開いた。ベンチから立ち上がる気配がないと悟ったのかすぐさまドアは閉まり、バスはゆったりと発車した。

「自殺——ではありませんよ。それだけは保証します」

視線を戻すと、人香の真顔とぶつかった。

「保証ってのは何だ？」

「今でも思い出せないんです。これは本当です。私はいまだに自分が死んだときの状況がわかりません。いつ、どこで、何があったのか。さっぱりです。でも、確実に言えることは自殺ではないということ。私は自死については否定的です。忌むべきものだとも考えています。死ぬ直前にその信念が覆ることはなかったと信じます」

その気持ちは巻矢にもわかる。曲がりなりにも元警察官。いじめや犯罪被害者の自殺を止められなかった無念を味わったことは一度や二度ではない。

「そして、死因がわからないことは実は未練でも何でもありませんでした。どうせ私のことです。川底で溺れ死んだか、山奥で遭難したかのどちらかでしょう。何らかの陰謀に巻き込まれて私の存在を死体ごと隠蔽されたとでも考えましたか？　推理小説の読みすぎですね。そんなのは現実的じゃありません」

思わず笑みをこぼす。

「幽霊は現実なのにか？」

「ああ、確かに！　事実は小説よりも奇なりですね！　幽霊がいるなら陰謀があってもいいかもしれません！」

「そうだな。だが、今おまえが言ったとおり、死因は未練なんかじゃなかった。事故も事件も陰謀もどうでもよかった。俺は初手から間違っていた。解明すべきはおまえの未練の中身だったんだ。なあ、人香よ。生前、何か叶えたい願いでもあったのか？」

人香は、答えない。

「まあいい。思い当たることがあるなら取り憑かれたときに聞いてるはずだしな。ところで、さっきおまえの家で妙なことが起きた。この画像を見てくれ」

「何です？」

「書置きだ。実物は若葉が回収したが、スマホで撮っておいたんだ」

〔無事に帰ってくることを祈る〕

風は冷たいが日当たりがいいのでそれほど寒くない。急ぐことなく丁寧に説明した。

訪問した月島家で中から物音が聞こえたこと。

玄関の鍵が開いていて入ったら勝手口を出て行く物音が響いたこと。

家の鍵を開けることができるのは合鍵を持つ若葉だけだったこと。

そして、ひと房のバナナが吊るされたバナナスタンドと、台座を重しにして置かれた一枚のメモ用紙。

時系列順に、若葉としたやり取りを大まかに加えながら、状況を説明した。さすがに人香も絶句している。

「実家でそんなことがあったなんて。泥棒ですか。今後、母が心配ですね」

やはり空き巣と思うようだ。だが、書置きを見下ろして「おや？」という顔になる。

「巻矢、最近の泥棒は書置きをしていくものなのですか？」

「さあな。だがそれも若葉と散々話し合った。結論として、これは空き巣の仕業じゃない。考えられる容疑者は、玄関の合鍵を持っていて、かつ、お袋さんが入院していることを知らなかった人物だ」

＊

人香は首をかしげ、メモ用紙と巻矢の顔を交互に見比べた。

「いえ、しかし、この文面は明らかに母の退院をお祈りしていませんか？　今あの家には母しか住んでいませんから、必然的にこれは母に向けたものになるはずです」

「確かにこれはお袋さんに宛てた書置きだが、お袋さんの無事を祈っているわけじゃない。もしお袋さんの無事を祈っているのなら、前提としてお袋さんが入院していることを知っていなければならない」

「そうです。違うんですか？」

「若葉にも話したんだが、だったらどうして直接見舞いに行かずに書置きなんて残していったのかという疑問にぶつかる。そもそも入院した相手に対してこの書置きはおかしくないか？　このメモを見るのは退院したときだろう。それを想定していたならもっと違う書き方があったはずだ。おかえりなさいでも退院おめでとうでもよかったはずだ」

とまあ、これは若干穿《うが》った見方だが。時節の挨拶や締めの定型文のように、この書置きにそれほど意味はないのかもしれない。

しかしだ、これだけはどうしても腑に落ちない。

「スタンドに吊るされたバナナ。合鍵を持った人間が何人も入れ替わり立ち代わり不法侵入したとは考えにくいから書置きしたやつが置いていったと見ていいだろう」

若葉も一昨日はなかったと証言しているので、時間の間隔からしても間違いあるまい。

「じゃあ、何のために？　お見舞い品のつもりか？　いつ退院して帰ってくるかもわからないのに生食の果物を置いていくか、普通？　もし差し入れるならそれこそ病院に持っていけって話だろう」

「いえ、バナナは日持ちしますよ。常温でも今の季節なら一週間はもちますし、熟せばまた違った味わいが楽しめます」

ややムキになって反論してきた。いま議論したいのはそういうことじゃない。

「若葉が言っていたんだが、退院する日がいつかお袋さんにもわからないそうだ。場合によってはあと一週間以上掛かるかもしれん。侵入者がよほど無神経でなければ、バナナはお袋さんが入院していることを知らなかったから起きたすれ違いだ。書置きにしても、そうだ。どちらも今日中にお袋さんの目に触れることを想定して残していったんだ」

「では、この文面は何だというんです？　誰の無事を祈っているんですか？」

「そんなもん、おまえの無事に決まってるだろう」

人香はきょとんとした。まあ無理もない。他人から向けられる心配というものは自覚がなければ本人にはなかなか伝わりにくいもの。正常性バイアスも掛かっているしな。それに今は幽霊だ。なおのこと自分が関係していると思わなかったようだ。

「世間的には、おまえはまだ行方不明者なんだ。死んでいることを知っているのは俺だけだ」

若葉はそれで書置きを残したのは人香だと誤解した。

誤解した理由はもう一つある。

「バナナはおまえの大好物だ。署名代わりにおまえが来たことを示す暗号になる、と若葉は考えた。俺はおまえが死んでいることを知っているのでそれはないと除外したが、考え方そのものは間違っていなかった。バナナ＝人香だ。つまり、バナナを置いたことでこの書置きは『人香が〔無事に帰ってくることを祈る〕』というメッセージになる」

人香は「はあ」と相槌《あいづち》を打つものの納得していない様子だった。よくわかる。なぜそんな回りくどいことをするのか。だが、それはこの際無視しておく。

残す謎はあと一つ。この書置きをしていったのは「誰」か。

「ここからはほとんど俺の妄想だ。そのつもりで聞いてほしい。

月島家を訪問した俺はインターホンを押した。時間を置いて何度か押した。不浄の最中ってこともあるからな。念には念を入れたんだ。そしたら、玄関から何かが倒れる音が聞こえた。あれはもしかしたら侵入者が靴を取ろうとしたか鍵を掛けようとしたところ上がり框で足を踏み外して落っこちた音だったんじゃないだろうか。

たぶんだが、侵入者はインターホンを鳴らしたのは若葉だと思ったんじゃないか。

若葉が合鍵を持っていることも知っていて、今にも中に入ってくるかもしれないと思った。だから鍵を掛け靴を回収しようとし、ヘマをして物音を立ててしまい、慌てて勝手口から逃げていった」

巻矢が想定している「誰か」であれば若葉のことを知っていてもおかしくない。

そして、その「誰か」を特定するヒントがあの家にわずかながらあった。

「俺は侵入者がほかにもいないかと思い、家中を見回った。おまえの部屋にも入った」

「そうですか。特に面白いものはなかったでしょう」

「ああ。拍子抜けするくらいつまらん部屋だったよ」

「むむ。それはそれで聞き捨てなりませんね！」

「面倒くさいやつめ。それから俺はリビングにある仏壇を調べた。おまえの祖父母や先祖の写真が飾られていた。それを見て少しだけ違和感を覚えた。よく見ると、そこに外国人がいなかった。昔、話してくれたよな。おまえの目の色素が薄いのや鼻が高いのは、西洋人の血が入っているクォーターだからだって。しかし、あそこにあった写真の祖父母は明らかに日本人だった」

「西洋人は父方の祖母です。ドイツ系の移民だったそうですよ。しかし、そんなことにまで違和感を覚えるなんて巻矢も好奇心旺盛ですね」

「そうだな。それは否定しないが。……やはり父方のほうだったのか。つまり、あの家は母方の――明日香さんの実家ってことになる」

人香が一瞬固まったように見えたが、すぐに「ええ」と頷いた。

「『月島』は母の旧姓でした」

「そうか。俺はてっきり『月島』が父方の姓だと思っていたんだ。ということは、お袋さんは親父さんが亡くなった後に旧姓に戻したってことになる。まあ、夫と死別後に旧姓に戻す女性だって珍しくない。実家に戻ってきたのならそっちのほうが何かと面倒が少なくて済むんだろう。

――それでもだ、親父さんの写真が一枚もないのはどうしてだ？」

違和感とはそれだった。仏壇に父親の遺影がないことが気になり、そのとき人香の父親の顔を知らないことに気がついた。母親の部屋にも人香の部屋にもリビングにも仏壇にも月島家のどこにも父親を写したと思しき写真が一枚もなかったのだ。

「偶々飾っていなかっただけか？　それとも、飾っておくのも耐え切れないほどお袋さんは親父さんを毛嫌いしていたのか？　だったらまあ、旧姓に戻したのもわからなくないな」

「そんなことはありません！　息子の目から見ても仲睦《なかむつ》まじい夫婦でした！」

だったら、ますます不自然だ。

そして、その聞き捨てならないという態度がますます確信に近づける。

「以前、おまえは『父は子供の頃にいなくなりました』と言った。覚えていない？　確かに言ったんだよ。そのときなんとなく奇妙な言い回しだなと思った。だからずっと頭に残っていたんだ。そりゃ、身内が鬼籍に入ったことを『死んだ』とか『亡くなった』とか口にするのは抵抗があるもんだ。二十年近く前の話でもそう感じるひとはいるだろう。そう思った。だが、もしも『いなくなった』という表現が言葉どおりの意味だったとしたら」

初めは消去法だった。合鍵を持っていてもおかしくなく、若葉のことを知っており、人香の心配をし、明日香の悲痛に寄り添う伝言を署名なしに書き残していける人物。該当するのは父親しか思いつかなかった。

その考えを補強する材料がバナナだった。父親なら息子の大好物を知っている。夫婦で共有していれば暗号としても使える。そして、写真がトドメとなった。

妄想だからな、と念を押す。人香はすでに観念したような顔つき。

「おまえの父親は生きている。そしてそれをおまえは意図的に隠してきた。そこにおまえの未練があると俺は思っている。その先におまえの死体が眠っているような気がするんだ。どうだ人香、俺の推理は間違っているか？」

沈黙わずかに。

人香は照れ臭そうに、やっぱり巻矢に隠しごとはできませんね、と言った。

こんな商売をしているが、他人の秘密に迫るときあまりいい気持ちはしない。罪を暴くならともかく、心の内を暴くのはいつだって気が引ける。

口の中がカラカラに乾いていた。老医師に気まぐれにあげた缶コーヒーが今頃になって惜しくなった。

（了）

第五話　幽霊と探偵

人香の父親はある日を境にいなくなったらしい。本人だけでなく痕跡すらも抹消された。あまりに突然のことだったので人香は大いに困惑したらしいが、母親が奇妙なほど落ち着いていたのでひとまず取り乱さずに済んだという。

母親はまだ小学生だった人香にこう言った。

「お父さんはお仕事で遠くに行くことになったの。お母さんたちはそれに付いていくことができないから、お別れすることにしたの」

重ねて、こんなことも口にしたという。

「これからはお父さんは死んだものと思いなさい。ひとから訊かれてもそう答えなさい。いいわね？」

硬い声。問答無用の言いつけであった。

父親が仕事で遠くに行く——わかる。会社命令で長期出張や単身赴任をする父親なんてどこにでもいる。妻と子供はそれに付いていくことができない——まだわかる。両親の介護や子供の教育の都合などで今いる場所から離れられないというのもよくあることだ。

しかし、——だから離婚する？　父親は死んだものと思え？　一体どんな状況になればそんな決断、結論に至るのか。

　そんな当たり前に抱く疑問を、人香はしかし母親に訊ねることができなかった。訊ねる機会ならこれまでいくらでもあっただろうに、母親の言いつけが好奇心に蓋をした。訊けば話してくれるならそもそもあんな言いつけをしなかったはずだ。きっと話してくれないだろうと諦めて、気がつけば人香自身が幽霊だ。心残りを抱いたまま、一人残された母親を心配そうに眺め続けてきた。

「母のことを見守りながら、もしかしたら父とこっそり会っているんじゃないかと思い、その瞬間を見逃さぬようにと張り付いていました。結局、父の姿を拝むことはありませんでしたが」

　未練と言えばそれくらいしか思いつきません、と溜め息を吐く。

「私の父は一体どこに消えたのでしょう。……いえ、なぜ消えたのでしょうか。それに、母の態度も気になります。夫婦揃って私に何を隠していたのでしょう。知りたいとずっと思っていましたが、……いざとなると恐くもあります」

　明らかに尋常じゃない事態が起きているのに、それを追求してはならぬと暗に制せられてきたのだ。母への不信感も相俟って真相に対して臆病になるのも無理はない。

　犯罪が絡んでいるのでは、と誰が聞いても疑うはずだ。

　下手をすれば、明日香が容疑者になるかもしれない。そんな悪い予感さえしている。

「ですが、そうも言っていられませんね。このままでは成仏できなさそうですし」

「それはつまり、俺が調査してもいいってことか？」

「ここまで話したのですから今さらでしょう。それに、巻矢は事情を知ってしまえば真相を暴かずにはいられなくなりますよ。どこまでも引っついてどんな謎でも必ず解明してしまうんです」

「おい。俺を何だと思っていやがる」

「探偵でしょう？」

「出歯亀かストーカーみたいに聞こえたぞ」

「なるほど。似たようなものですね。確かに巻矢のそれは『性』でしょうから」

くつくつと愉快そうに笑う。まさかそんなふうに思われていたとは。まったく、情けないったらない。前提に、巻矢ならどんな真相も暴き出せるという信頼があるからなお複雑な気分である。

「本当にいいんだな？　依頼されたと受け取るぞ？」

「はい」

「わかった」

正式な依頼だった。もう迷うことはない。

＊

それから三日後、人香の母親は無事退院した。さらに四日後、巻矢は月島家を再び訪問した。時刻は前回に比べて遅く、すでに日が暮れている。人香の母親がパートを終えて帰宅する時間を見計らい、到着したときには月島家にすでに電灯が点《とも》っていた。インターホンを鳴らすとエプロンを着けた女性が出てきた。長い髪を後ろで一つに束ね、銀フレームの眼鏡を掛けている。人香の母親の明日香だった。人香の年齢から逆算すると、歳は少なくとも五十代半ばのはずだが、実年齢より若く見えた。入院したことで血色がよくなったからかもしれない。

明日香は巻矢を認めると、にっこりと笑顔を作った。

「今日辺り来るんじゃないかと思っていたの。いい勘してるわ、私」

「どうして？」

「若葉ちゃんに聞いたの。先週、訪ねてくれたんでしょう。また来るなら曜日も合わせてくるんじゃないかと思って」

「なるほど。確かに、いい読みですね」

でしょう、と勝ち誇った。実際のところ、フリーランスの巻矢に曜日の感覚はほとんどない。依頼人や調査対象の動向に合わせるとき以外は意識すらしておらず、今回は準備が整ったのが偶々今日だったというだけの話だ。

いちいち訂正することはない。向こうも準備万端だというなら願ったりである。

「それで？　何の御用かしら？」

右手にぶら下げたスーパーのレジ袋を掲げた。

「料理を教わりたいんですが、お願いできますか？」

これも若葉から聞いていたのだろう、明日香は玄関扉を開けて招いた。

「丁度いまお米を炊いていたところなの。おかずが一品増えるわね」

屈託なく、そう言った。

一週間ぶりに立つキッチンは、あのときと比べると物であふれ生活臭が漂っている。普段使いの調味料や調理器具、テーブルには雑誌があり、タブレットが自立している。そして、バナナスタンドには新品のバナナがひと房吊《つる》してあった。

献立を明日香に任せると、明日香は巻矢が適当に買ってきた食材をすべて冷蔵庫に押し込み、古くなった野菜から処分すると言った。異論はない。異論はないが、買ってきた食材を全部回収されるとは思わなかった。ちゃっかりしている。まあ、授業料と思えばいいか。

「あら、大根の皮むくのうまいわね。もしかして、料理男子？」

「……その言い方は背筋が寒くなるのでやめてください。独身男の嗜みですよ、これくらい」

「そう？　人香はまったくお料理なんてできなかったわ」

「あいつは、……まあ、若葉がいたから」

「若葉ちゃんもお料理まったくできないわよ？」

「……」

月島家のおかずは、干し椎茸《しいたけ》の戻し汁を出汁《だし》にして味付けするのが基本だった。香茹《こうこ》を使うのがこだわりだというが、その理由は「香」の一字が入っていて親しみを感じるからだというからおそらく適当だろう。

「そんなことないわよ。香信《こうしん》より口にあうのは確かなんだもの」

椎茸にそこまで種類があるとは知らなかった。きっと、食べ比べしてみても味の違いに気づける自信はない。

「それじゃあ、大根と厚揚げの煮物にしましょう。簡単だし、人香の大好物の一つだったしね。それに、煮込めば煮込むほど美味しくなるわ。時間はたっぷりあったほうがいいでしょう？」

調味料を入れたらあとは火加減を見ているだけでいい。明日香の言うとおり、話す時間はたっぷりある。

「私に聞きたいことがあるんでしょう？」

明日香から切り出してもらえたのは正直ありがたい。他人の家庭事情に突っ込んだ話になるので少し躊躇《ためら》われたのだ。お許しが出たのでもう遠慮しない。

「じゃあ、お言葉に甘えて。人香の親父さん、貴女《あなた》の元ご主人の話です」

明日香は目を見開いた。てっきり人香の行方にまつわることを訊かれると思っていたらしい。行き着く先は結局そこになるのだが、むしろなぜ父親のことを訊かれることを意外に思うのか、そっちのほうが不思議だった。

「書置きを残したのは人香かもしれないって若葉ちゃんが言ってたわ。それと関係ある話なの？」

「ええまあ。というか、書置きは人香の仕業じゃない——ってことは、貴女のほうがよくご存じかと思っていましたけど」

その瞬間、明日香の目が据わる。目は口ほどに物を言うとはこのことか。

煮汁がぐつぐつと鳴る音が不気味に響く。不穏を打ち消すように巻矢は話し始めた。

＊

「聞きたいことを訊く前に、順を追って話をさせてください。まずは経緯から。

俺が、人香の親父さんが生きているんじゃないかと気づいたのは偶然です。前に、人香は父親のことを、子供のときにいなくなった、というふうに話したことがありました。死という表現を使わなかったことを少し不思議に思いましたが、あえて避けたということもありますし、デリケートな話題ですからこっちからそれ以上掘り下げようとは思わず、そのときはそのまま流しました。それから、そのことはすっかり忘れていました。

ですが、先週この家に入ってまず気になったのは、父親の遺影が一つもなかったことです。ほかの家族の写真はあるのに。人香からは、両親は仲睦まじい夫婦だった、と聞いたことがあったので、あえて遺影を隠す理由がわかりませんでした。

そして、書置きの問題です。若葉は書置きの内容とバナナスタンドのバナナを手掛かりにそれを残していったのは人香だと予想しましたが、父親にも同じ条件が当てはまると気づきました。この家の合鍵を持っていて、人香がバナナ好きなのを知っていて、かつ貴女に署名なしに書置きをしていってもおかしくない人物といえば、父親が最も有力だと思いつきました。もしもまだ生きているのなら」

明日香はずっとつまらなげな表情を浮かべたまま、否定も肯定もしなかった。巻矢の言う「聞きたいこと」を訊かれるまで喋らないつもりだろう。たとえここで「父親は生きていますか？」と訊ねても「いいえ」と返ってくるのは目に見えている。もっと揺さぶらなければならない。

ボロが出るのを期待するな。子供の人香に「父親は死んだものと思え」と言ってのけた母親である。そうまでして父親の生存を隠そうとしてきたのだ。肝の据わり方は普通じゃない。簡単に口が割れると思うな。

「そこで、調べさせてもらいました。貴女の元ご主人で人香の父親――『志《し》方耀司《かたようじ》』さんのことを。どうやって本名を突き止めたのかって？　ご想像にお任せします。これでも元刑事ですから。ツテならいくらでもあります」

本当は人香から本名と前職を教えてもらったのだが、ツテ云々《うんぬん》の話も嘘ではない。本名を取っ掛かりにしさえすれば経歴や人柄を調査するのはそれほど難しくない。

「二十年前、耀司さんは日中市の市役所に勤める公務員でした。当時、地域振興課で一緒に仕事をしていたという方を見つけ出してお話を聞くことができました。……すみませんね。張り込みと聞き込みは習性なんです。刑事としても探偵としても。で、まあ、運良く見つかったそのひとは、耀司さんのことをよく覚えていました。真面目で気配りもできて優しい人柄だったと。家族写真をいつも持ち歩いていて、よく子供の成長を嬉しそうに語っていたとも言っていました。耀司さんは、息子は将来警察官になるんです、って親馬鹿みたいに話していたんだそうです。実際、人香は夢を叶えて警察官になりました。どこかでその姿を見ているといいんですが」

いや、見ていたはずだ。だからこそ、人香を案ずる書置きを残すに留めたのだ。

ここからが核心になる。明日香を怒らせるかもしれず、やや緊張しながら続けた。

「あるとき、耀司さんは仕事上でミスを犯しました。どうやら補助金の交付事業で深刻なミスをやらかしたようです。耀司さんは責任を取って退職しました。公務員が辞めさせられるほどのミスなんてなかなか考えつきませんが、同僚の方もその話になった途端、口が堅くなってしまって。仕方がないので当時の新聞を漁《あさ》って調べることにしました。

どうして新聞なのかって？　簡単ですよ。公務員が懲戒免職になるほどのミスなんざ犯罪以外に考えられませんから。同僚の口が重くなったのもそれが理由です。地方紙になら片隅にでも載っていると思い探してみたら、案の定でした。匿名でしたが時期が一致したので、耀司さんのことでまず間違いないでしょう。これが記事のコピーです。ここを見てください。

――【日中市市役所職員、特定団体への補助金の不正交付、発覚】

見出しのとおりです。こんなことをしでかせばクビになるのは当然です。

そして、この特定団体がさらにまずかった。看板こそ違いますが、実体は破防法の調査対象団体にも指定されている、いわゆる反社会的勢力でした。本来補助金を渡してはならない相手に数年に亘《わた》って交付していたのです。故意かどうかは不明ですが、それでもこれは立派な背任罪です。懲役刑を喰《く》らってもおかしくない事件だ。なのに、耀司さんは懲戒免職処分だけで済んでいます。団体に対しても賠償請求などのお咎めは一切ありませんでした。これは明らかに異常です」

呆気ない幕引きには当然裏があるのだろう。想像でしかないが、市役所とこの特定団体はずぶずぶに馴《な》れ合《あ》っていて、補助金の交付自体が慣例化されていたのではないだろうか。不正が明るみになったので仕方なく志方耀司をスケープゴートにした。そうして体裁を繕ったのだ。

「その後、耀司さんはこの団体に拾われました。おそらく今も在籍しているのでしょう。そう考えればすべての辻褄《つじつま》があう」

「どんな？」

初めて口を挟んだ。明日香はどこか楽しんでいる様子だ。……いや、口許は笑っているが、その目は変わらず恨めしげである。確かに、他人の家庭事情を、夫の悪事を暴いておいて楽しんでいるも何もあるまい。――もっとも、俺は一切楽しくないが。

答えた。

「まず、人香に本当のことを話さなかったことです。まあ、子供に父親の不正を話すのはどうかと思いますし、正確に理解できるとは限りませんから。判断としては正しいのかもしれません。次にあなた方夫婦が離婚したこと。これも成り行きとして自然です。そして離婚後、耀司さんが人香に一切接触してこなかったこと。反社会的勢力のシンパになった夫に嫌気が差したなら、まあ、子供と会わせたくないと思ってもおかしくない」

それから、と一旦言葉を区切って、強調した。

「それなのに、貴女が耀司さんと電話やメールといった記録に残るものを一切使用せずに連絡を取り合っていたことなんかも、そうです。あの書置きはその一端でしょう」

明日香が今度ははっきりと驚愕《きょうがく》した顔をした。自信はあったがどうやら当たっていたようで安心した。

突き詰めて考えれば不自然な点が見えてくる。どうして書置きをしたのか、それ以前に、そもそもどうして耀司は留守宅に上がり込んだのだろう。

何か伝えたいことがあるなら手紙を郵便受けに入れれば済むことだ。もし、やり取りにタイムラグが生じることを嫌ったのなら、その問題を解消するツールとして電話やメールがあるわけで。にもかかわらず耀司は明日香に直接会いにきた。なぜか。おそらく、ふたりのやり取りが記録に残ることを恐れたからだ。また、世間は狭く、どこで誰に見られているかわからないから外で会うこともできない。だから、明日香は耀司に合鍵を持たせ、話し合いを行う際は家に入るように伝えていた。

あの日は耀司に時間がなかったのか、明日香の帰宅を待つことなく書置きだけを残していった。それすらも暗号めかしてまで差出人をぼやかす徹底ぶりである。おそらく若葉に見られることも念頭に置いた措置なのだろうが、跡が残る連絡手段を嫌っていることも重ねて示唆している。

「俺の考えはこうです。貴女は貴女で人香を探していた。そして、早い段階で人香の失踪を耀司さんに相談したのでしょう。もしかしたら耀司さんを疑って問《と》い質《ただ》すようなこともしたのかもしれない。どんなやり取りがあったかは知らないが、それから貴女たちは協力関係を結び、人香失踪にまつわる情報を共有するようになった。連絡事項とはそれです。進展があった場合、あるいは空振りに終わった場合でも、それを伝え合えるような取り決めをしていたんじゃありませんか？」

目の前のバナナスタンドを見て、ふと思いつく。人香がいなくなってから購入したという話だが。

「もしかして、時間が合わずすれ違ったときはここに書置きを残しておく、って取り決めだったのでは？」

問いかけると、「それが聞きたかったこと？」と返された。そんなわけがない。それに、その言い草だと訊いてもいい質問は一つしか許されないみたいじゃないか。確かに最初に聞きたいことがあるとは言ったが、もったいぶって出し渋った質問がこれでは遠回りがすぎるだろう。

まあ、こんな質問でも答えようによってはこれまでの推測の何割かを認めることにもなりかねない。明日香が慎重になるのも無理はなかった。

たとえ巻矢が現在何者であろうとも、元刑事に知られるわけにはいかないのだから。

こちらの意見を全部吐き出してからでないと明日香から答えは引き出せない。

「とにかく、貴女たちはこの家で密談を重ねていた。密談ってのが人聞き悪いような相談でもいいが、人目を避けていたのだからそんなに間違っていないでしょう」

密談——。いくら元旦那がまっとうでない勤め先にいるからといって、この用心深さは明らかにおかしい。元夫婦が街中で会っているところを目撃したとして頭ごなしに悪事だと糾弾する人間がはたしているだろうか。そしてそれは電話やメールでも同じだろう。他人の目を気にしているのは当人だけというのはよくある話である。

「ならばなぜ、そうまでして関係を秘匿するのか。月島家は反社会的勢力に所属している耀司さんと今でも交流がある——そう世間から思われると都合が悪いからだ。言ってしまえば、それに察しがついたからすべての物事に筋道を立てることができたんです。何事も結果から逆算して考えていけば、きっかけとか動機とか理由なんかは自《おの》ずと見えてくるもんだ」

密談も、関係の秘匿も、電話やメールを使わないのも。

離婚も。

言いつけも。

父親がいなくなったのも、——そう。

「すべて人香のためですよね」

すると、明日香はついに観念したように頷いた。

＊

「俺はもう警察官じゃない。若葉にも大福にも、誰にも言うつもりはない。俺は人香を見つけ出したいだけなんです」

そう言うと、明日香の表情が和らいだ気がした。

たとえば、人香の将来の夢が違ったなら、父親はいなくならずに済んだだろう。家族構成や家族の職業、思想・信条に宗教、出自や性別による差別で就職の機会を失わせてはならないという、就職差別に関する建前が存在する。それはどのような業種、企業、団体にも適用されなければならないが、一部例外がある。国家資格を有する職業や国籍条項による制限が設けられている職業などがそうだ。

そして警察もまた、都道府県で採用基準に差異はあれど、一般的に反社会的勢力に属する人間の採用を認めていない。

「だが、人香は警察官になりたかった。もし両親が離婚せず、父親が今も同居していたなら、おそらく警察官にはなれなかったでしょうね」

明日香は、そうね、と溜め息を吐いた。

「警察は国民の命と財産を守らなければならない職業よ。そんなところに不穏分子を紛れ込ませるわけにいかないわ。たとえ本人じゃなくても身内に、しかも現役の活動家なんかいたら一発でアウト。警察に御する自信があっても一般市民が認めないわよ」

あっさりと話を引き継いだ。

そして、その滑らかな口調は巻矢のこれまでの言説を認めるものであった。

菜箸で煮物をかき混ぜる。煮立った汁を吸って椎茸と大根と厚揚げが段々と味を付けていく。甘じょっぱい匂い。それだけですでに美味いとわかる。

「人香ってね、子供の頃は今よりも輪を掛けてぼうっとした子だったの。巻矢君なら想像できるんじゃないかしら。いっつもにこにこしてるんだけど、何を考えてるのかわからなくって。手が掛からなくて楽だったけど、正直将来が不安だったわ」

「……まあ、わかる気がします」

人香は昇任や昇給といったことにはあまり興味を示さなかった。我が強くないせいで逆に行動が読みにくく、誤解を受けることも多かった。大人になってこれなのだから、子供の頃はなお浮世離れしていたに違いない。

「そんなあの子が将来の夢だけははっきりしていた。警察官だった。男の子が変身ヒーローに憧れるみたいに、目をキラキラさせてね。主人と話したの。人香を何が何でも警察官にさせましょう、って。その目標さえあればたぶんこの子は大丈夫だろう、って。ま、堅い職業だし、なるのにそこまで難しいわけじゃないし。何より、人香が嬉しそうだったから。私たちは応援することにした」

菜箸を回す手を止めて、遠くを見つめた。先日の若葉も似たような目つきになった。在りし日の光景を懐かしがっている、そんな目だ。

それから、と言いかけて、不意にその目が曇った。

「主人は、あのひとは、悪事を率先してこなせるタイプじゃない。どちらかというと周りや上司に頼まれて仕方なくって感じでね。しかも馬鹿みたいにお人好し、っていうか気が小さいのね。不正を繰り返してクビにされ、斡旋されるままに例の団体に就職しちゃったの。いいように利用されるだけされてね。呆れるでしょ？　そのせいで人香の夢が台無しになるところだったのよ？　三行半《みくだりはん》突きつけてやったわ」

明日香は離婚して旧姓に戻し、父親を戸籍から排除したのだった。

けれど、それで耀司側の経歴が書き変わることはないし、過去に夫婦であった事実も打ち消せない。父子の血のつながりを否定することも不可能である。人香が夢を叶えるには警察の採用選考で不利にならぬようその後の耀司との関係を絶つしかなかった。それも徹底的に。

「だって、警察も反社との戦いには必死だもの。通信記録まで調べ上げるって聞いたことあるわ」

「ああ。限りなくグレーならそこまで身辺調査はするだろうな」

「でしょう？　そして、それは今でも継続中なの。だってほら、いつ人香が帰ってくるかわからないじゃない」

最近の新聞報道では例の団体と警察の間で緊張感が増している。この情勢下では、耀司との接触が人香の復帰の足を引っ張りかねない。だからこその密談であり暗号だったのだ。

「耀司さんが団体を抜けることはないんですか？」

「無理よ。あのひともう五十半ばだし、これから足を洗うのは厳しいわ。今さら無職にはできないわよ。それに、いま辞めたからって警察の心証は変わらないでしょう」

それもそうだ。それに、万が一警察が手心を加えたとしても、明日香もいみじくも言っていたではないか。——世間がそれを許さない。

後になって発覚するリスクを鑑みるに人香の再雇用は絶望的であろう。

あーあ、と捨て鉢気味に天井を仰いだ。

「あのひとったら、何も私が入院中に来ることないのに。間が悪いったら。しかも、若葉ちゃんと鉢合わせしそうになったなんて。若葉ちゃんにだけは知られたらまずいって散々注意しておいたのよ？　まったく抜けてるんだから！　でも、本当に警戒すべきは巻矢君だったようね」

「誰にも言いませんよ。……俺も、月島先輩には帰ってきてほしいんですから」

明日香は苦笑し、巻矢の訪問を振り返る。

「冷や冷やしたわ。本当に」

そして、「今も生きた心地がしないわね」と呟いた。

炊飯器のブザーが鳴った。明日香は炊き上がった白米をかき混ぜながら言った。

「丁度いいタイミングね。ね、巻矢君、食べていくでしょ？」

「せっかくですが、この後ひとと会うんで」

「あら、残念ね。じゃあ、また今度いらっしゃい。次は若葉ちゃんも一緒に」

若葉が了承するとは思えないが、社交辞令で頷いておく。

いや待て。そうじゃない。いつの間にか帰る流れになっているが、さっきまでの会話を勝手に畳むな。

「終わった気になられても困る！」

「なんのこと？」

「俺はまだ聞きたいことを訊いていませんよ」

そういえば、と明日香も思い出してくれたようだ。まったく、これじゃあ何をしにきたのかわからない。状況の確認と口実の料理教室だけで終わってしまうところだった。

「全部話したつもりだけど、これ以上何が聞きたいの？」

「俺が聞きたかったのは最初から一つです。あの暗号の意味するところは何だったのか」

耀司がバナナスタンドにバナナを吊るすことで合図になる。

書置きには〔無事に帰ってくることを祈る〕というメッセージ。

希望があるようにも突き放しているようにも読み取れた。

進展か、空振りか。二つに一つだ。つまり、

「耀司さんがあの書置きで伝えたかったことは、『うちの団体に人香を探す手掛かり

が見つかった』か、『うちの団体は人香の失踪には何も関与していない』か、このどちらかだ。貴女には正確に伝わっているはずだ。おばさん、人香はどこに……」

うつむく明日香を見て、知らず口をつぐんだ。

「もしかしたら、父親を探している途中で行方を暗ましたのかも、って思った。もしそうなら手掛かりはあのひとが握っているんじゃないかって。でも、思い過ごしだったみたい」

それは後者ということだろう。耀司のいる団体には、少なくとも耀司の目が届く範囲には、人香は辿り着いていなかった。そもそも、父親を探していたかどうかも疑わしい。

両親の調査は空振りに終わったのだ。

「人香、どこに行ったのかしら」

我が子の身を案じる母の呟きに、巻矢は何も言えなかった。

キッチンに夕餉《ゆうげ》の匂いが立ち込める。久しく家族団らんが遠退《とおの》いたテーブルの箸置きの数が腹の底を切なくさせた。

煮物を詰めたタッパーを貰い、一つ約束させられた。

「人香は、困ったことがあったら真っ先に巻矢君を頼ると思うのよ。そのときはこれ作って食べさせてあげて」

月島家を出ると、外は凍えそうなほど寒かった。コートの襟を立てて背中を丸める。腹に抱えたタッパーの温《ぬく》もりがカイロ代わりに寒さを紛らわせた。

「人香、寄り道するぞ」

背後に呼びかける。明日香とのやり取りを一部始終覗き見ていた幽霊は音もなく現れた。

寂れた児童公園は砂場とベンチが真っ白な街灯の光に照らされている。しんとして誰もいない。さっきまでいた民家の暖かさからかけ離れた寒々しさ。まさにお誂え向きだ。訪れる者が皆無なら遠慮なく人香と話すことができる。

タッパーの包みを開いてベンチに置く。煮物を挟んで、巻矢と人香も並んで座った。

「お袋さんとの約束を果たす。温かいうちに食え」

人香は、わあ、と声を弾ませた。

「初めてお供えらしいことをしてくれましたね」

「おまえが俺のもんをいつも勝手に食うからな。お供えする気も起きん」

「では、いただきます」

幽霊のくせに手を合わせ、どこから取り出したのか右手に摑んだ箸で煮物を突《つっ》く。

実物は変わらずベンチに置いてあるが、巻矢の目には蓋を開けたタッパーを手にし、大根を箸で割り、口に放り込む人香の姿が映っている。

たちまち人香の表情が綻んだ。

「んん、美味しい！　これですよ、これ！　私の一番の大好物です！」

調子のいいことを言い、思わず笑ってしまった。

「バナナじゃなかったのかよ」

「はい、もちろんです。やはり、おふくろの味には敵《かな》いません。もう二度と食べられないと思っていましたから。最後の晩餐《ばんさん》にこれ以上相応《ふさわ》しいものはありません」

最後の、という言葉に息を呑《の》む。まずい。わかっていたはずなのに、居たたまれなくなる。巻矢は内心の動揺を打ち消すように急いで煙草に火をつけた。……ここ、火気厳禁じゃないよな？　ふとそんなことを心配して、こんな状況にもかかわらずマナーを気にする自分が可笑しかった。人間は感情だけに流されない生き物だ。どんなに悲しくても寂しくても理性的な思考はなくせない。翻せば、どんなに理性的に格好つけたところで胸に差し迫るこの感情を抑えることはできないと知る。

煙草を一本吸い終えたとき、「ごちそうさまでした」人香も食事を終えた。その手にはもう何も持っていない。

「もういいのか？」

実際には蓋すら開いていないタッパーと人香の顔を交互に見た。

人香は満足げに頷いた。

「はい。もう胸がいっぱいです。思い残すことはありません」

お供え物のことだけを言っているのではないとわかった。

そうか。

もういいのか。

「さっき母の口から父の話を聞いて思ったんです。ああ、私の未練はこれだったのかって」

「……親父さんの行方を知ることだろ？」

なぜいなくなったのか、その原因を突き止めることも含めて。違うのか？

「まあ、結果的にはそうなりますが。しかし、驚きました。まさか私の夢なんかのために父はいなくなっただなんて。私がもっとしっかりした子供だったなら両親もそんな選択を取らずに済んだのでしょうか。いろいろと複雑な気分です」

両親から愛されていたことは疑うべくもないが、しかしそのせいで人香は父との生活を失ったのだ。警察官が、家族を離れ離れにしてまで叶えたかった夢だったのかどうか、それは人香であっても答えられない問いであろう。

だが、一応言っておく。

「そのおかげで俺や若葉はあんたに会えた。あんたと出会えなかったら今の俺たちは存在していない。……生きてさえいなかったかもしれない。だから、少なくとも俺たちは人香の両親に感謝するぞ」

こんなことで報われるほど軽い選択ではなかっただろうが、月島家のひとびとへの感謝の心は偽らざる本心だった。

でなければ、巻矢もまた人香を探すという理由だけで警察を辞めていない。

辞めても惜しくないほどの恩義があったのだ。返せたかどうかわからないけれど。

「おまえの未練が何だって？」

「ああ、そうです。どうやら、私の未練とは残されたひとたちのことだったみたいです。私が失踪したせいで悲しませている。迷わせている。それが心苦しかった」

一拍置いて、苦痛を滲《にじ》ませた表情に哀《かな》しげな笑みを浮かべて。

「ですが、母には父がいてくれる。それがわかって安心できました」

残された母親のために父親を探していたというわけだ。今後あの夫婦が復縁する可能性はずいぶん低いように思われるが、お互いに頼れる相手で居続けてもらえるのなら見守る側としては確かに安心だろう。

不意に、若葉とした会話を思い出した。人香は人情味あふれる警察官で、いつも誰かのために働いていた、と。そういえば、取り憑いた人間は挙《こぞ》って困りごとを抱えた人間ばかりだった。まったく。死んでいてもお人好しなのはいかにもこいつらしい。

ふたりして夜空を見上げる。厚い雲が掛かって星が見えない。

「だから、巻矢。あなたももう私を追いかけるのはやめなさい」

視線を下ろすと、巻矢をまっすぐ見つめていた。……まさか、残されたひとの中に自分が数えられていたとは。どういう顔をしていいかわからない。

「……急に先輩面すんな」

「急ではありませんよ。私はいつだって巻矢のことは見守ってきましたよ。先輩として」

「──は」

よく言う。あんたほど見習うところが少ない先輩はほかにいなかった。

でも、あんたじゃなかったら俺は警察官に憧れてすらいなかった。

あんたがいたから、俺は──。

無意識に堰《せ》き止《と》めていたものがあふれ出た。弾《はじ》かれたように立ち上がり、自分の行動に自分で驚いたのも束《つか》の間《ま》、人香の顔を見た途端、思いの丈をぶちまけていた。

「おまえの遺体はまだ見つかっていない！　行方を暗ました原因だって摑めていない！　俺はまだ何も為しちゃいない！　そうだろ⁉　なのに、思い残すことはないなんて、そんなこと言うな！」

死体を見つけてほしくて取り憑いたのだと信じていた。そして、見つけ出せるのは自分しかいないという自信があった。どんなモノゴトにも意味があり、めぐり合わせにはそこに落ち着くまでの道筋があって、それを運命と呼ぶのなら、人香を成仏させるのは巻矢でなければならなかった。そのために配置された駒であると。

もういいとか言うな。

最後まで付き合わせろよ。

でないと、これが俺の未練になってしまう。

「行くなよ、先輩……」

声が震える。人香は意外なものを見るように目を瞬かせたが、やがて、ふっ、と笑みをこぼすと立ち上がった。

「私を成仏させると息巻いていた巻矢のセリフとは思えませんね。嬉しいですが、そうもいきません。君も、もう私のことにかかずらわずに自分のために生きないと」

「若葉のことはどうする!? 残されたひとが未練だと言ったな！ あれは嘘か!?」

みっともなく追い縋《すが》る。だが、人香は穏やかに首を横に振った。

「若ちゃんのことなら最初から心配していませんよ。巻矢にならお任せできます」

「……馬鹿言ってんな。あいつはずっとあんたのことが好きだったんだ」

「はい。でも、いいんです。託せるだけで私は満足なんです」

「か、勝手だな！」

「ええ。幽霊ですからね、身勝手にもなれますよ。あとは生きているひとたちだけで好き勝手に生きてください。私は遠くの空からそれをにやにやしながら見ています」

未練がないというのは本当らしい。もはや変わり続ける未来を期待できない分、巻矢たちの変化を楽しみだと口にした。

「私の生き甲斐《がい》を奪わないでくださいよ。あ、この場合、死に甲斐《がい》でしょうか」

笑えない冗談だった。でも、在り方からして違うことを突きつけられた気がした。

生者の分際で止める権利はないように思われた。

成仏が、人香にとっての明日なのだ。

「わかった。もう何も言わねえよ」

ふて腐れたようにそう言い、急に込み上げてきた恥ずかしさに耐えきれず舌打ちする。

「くそ。格好わりぃ。駄々捏《こ》ねた」

「レアなものが見れました。他人に言い触らせないのが残念ですが」

その冗談にはかろうじて笑えた。照れ隠し半分、安堵の笑みが半分だ。

「若葉のことは任せろ。といっても、あいつが俺を頼ることはないだろうが」

約束しておく。それで安心できるというのならお安い御用である。

「ありがとうございます。巻矢」

儀式のような別れの挨拶は、これをもって終了した。

「巻矢、缶コーヒー持ってます？　最後にアレが飲みたいんですが」

「本気か？　おまえ、好きじゃないだろ、これ」

「巻矢と飲みたいんです」

正直、あまり気が進まない。『人香のお下がり』というのが生理的に嫌だったし、それに、目の前で同時に同じものを飲むというのはなんというか、吸い口がふたつに分かれたいわゆるアベックストローで飲みあうみたいで……背筋がぞっとした。

同じことを想像したのか、人香はやたら真顔で言い聞かせてきた。

「一つの鍋を突きあうようなものです。そう思いましょう」

ふん。まあいい。どうせ最後だ。

缶コーヒーを取り出しプルタブを開ける。顔を上げるとすでに人香も同一の缶コーヒーを手にしていた。缶の側面をぶつけあう。音もなく乾杯した。

口に含む。いつも飲んでいる味で、何も変わりなかった。

苦くて、まずい。

「相変わらずマズイですね」

「でも、これを飲むと頭が冴《さ》える気がするんだよ」

「……危ない成分でも入っているんじゃありませんか？」

「かもな」

ふたりして笑いあう。

頃合だった。

「これで心置きなく逝けます。では、お元気で」

別れは実にあっさりしたものだった。人香の姿が空気に溶け込んで消え、気配を感じることもなくなった。肩から重みが抜けたような気がして、ああ、本当に逝っちまいやがった、と拍子抜けするみたいに受け入れた。

缶コーヒーを一息に飲み干し、踏み潰した煙草の吸い殻を空き缶に放り込む。すっかり冷めてしまった煮物の詰まったタッパーを再び布で包む。帰ってチンして食べるとしよう。『お下がり』でも最後だと思えばそれほど抵抗はなかった。

淡々と後片付けをしていく。

片付いていく端から人香の残り香が消えていく。

公園を出たところで粉雪がちらついた。早く帰ろう。暗がりの中、背中の心細さを振り切るように、事務所までの道を早足で歩いていく。

明日から何をしようか。そんなことを考えながら。

＊

そうして、人香が何食わぬ顔して事務所に帰ってきたのは翌朝のことだった。

翌朝！

時間にしたら半日と経っていない！

あの別れは何だったのか！

すり抜けるとわかっていても人香の顔面に殴りかかり、すり抜けた腹いせを足元のゴミ箱にぶつけた。観葉植物を鉢から蹴り倒し、ソファを壁に投げつけ、テーブルを引っくり返し、ついに食器棚を引き倒そうとしたところでようやく人香は悲鳴を上げた。

「謝ります！　謝りますから抑えて！　家の中が壊れてしまいます！」

「うるさい！　てめえよくも俺に恥をかかせてくれたなあ！」

「ご、誤解です！　私だって本気で成仏できると思っていたんです！　これでも一晩中がんばったんです！　本当なんです！　信じてください！」

肩で息をする。斜めに角度をつけかけた食器棚から手を離すと、人香がほうと溜め息を吐いた。どうせ皿が割れても後片付けをするのは巻矢なのだ。一時の激情で金と労力を無駄にするのもばからしい。

くそ、と吐き捨てて、煙草に火をつける。ソファはひっくり返ったままなので床に胡坐《あぐら》を組んで座った。灰皿は……テーブルの下敷きになっている。もういい、知らん。床にそのまま灰を落とす。

「あ。管理人に叱られますよ」

「誰のせいだ⁉」

「ええ？　いや、それぱっかりは巻矢の自業自得……、すみません。私のせいです」

これ以上怒らせてはまずいと思ったのだろう、素直に頭を下げた。しかし、巻矢は顔を背けたまま。人香はおろおろするばかりだった。

顔を背けるのは気恥ずかしさを誤魔化すためだった。昨夜のことを思い返すだに耳まで赤くなりそうだ。マジで勘弁してほしい。俺がどんなに胸を痛めたと……！

「そういうわけですので、あの、……これからもよろしくお願いします」

にへ、と笑う人香にまたもや頭に血が上り、堪《こら》えきれず立ち上がる。

リビングを突っ切って廊下へ。壁に掛かったコートを流れるように外して着込み、そのまま玄関を出た。背後からは人香が追ってくる気配がする。また怒らせたと思い、話しかけようかどうしようか迷っている。そんな狼狽さえも手に取るようにわかった。むかつく。もう二度と話しかけんな。

肩を怒らせて歩く巻矢に恐る恐る声を掛ける。内容は何でもいい。天気のことでも、今日の予定やこれからの仕事のことでも、とにかく機嫌を直してほしくて人香は話題を振り続けた。

ほとぼりが冷めるまで放っておけばいいものを。

人香がご機嫌を取り、巻矢が意地を張り通す。それはずっと前からの決まりごとのような光景だ。対処法はお互いに距離を取って時間を置くこと。それ以外にない。

気を抜くと綻んでしまいそうになる口許を巻矢が制御できるようになるまでは、この当《あ》て所《ど》もない散歩は終わりそうになかった。

＊　＊　＊

「私の未練って何なんでしょうねえ」

やはり他人事のようにそう言った。

「死体の在処じゃないか。そして、どうして死んだのか。それを解き明かすまで成仏できないのかもしれんな」

古今東西、語り継がれる怪談の解決策は大抵がそれである。

「では、巻矢の働きに掛かっていますね。どうかよろしくお願いします」

「……まあ、おまえが離れてくれるなら探す甲斐もあろうってものだ」

「あ、言ってくれますね！　私の死体を見つけても今回みたいに空振りに終わるかもしれませんよ！　もしかしたらずうっと、巻矢が死ぬまでずうっと、取り憑いているかもしれませんよ！」

「そんなのは御免だ」

げんなりして言うと、人香は笑った。

「まあ、それはそれで楽しそうではありますが」

こいつはまた。無責任なことばかり言いやがって。

しかし、予感ならあった。推理するまでもなく、状況を鑑みれば、こちらのほうがより可能性は高いように思う。最初から巻矢はそれだけを目標に掲げており、そんな巻矢に人香は取り憑いたのだから。

おまえの死体を見つけたときが、さよならのときだ。

（了）

あとがき

私は幽霊肯定派です。いるとしたほうが楽しいし、いないと説明が付かない不思議なお話が世界中にあふれてますから。まあ、どちらの立場にしろ、それぞれの解釈で楽しめるのが怪談やオカルト話の良《い》いところでしょう。一人で考察するのも乙ですし、大勢で議論し理解を深めていくのも面白い。最高のエンタメだと思っています。

ですが、もし本当に幽霊がいたとしたら……。彼らを娯楽として消費することが死者に対する冒瀆《ぼうとく》になりはしないだろうか――執筆中、ふとそんな疑念が頭を過ぎりました。

幽霊には肉体がありません。それでもこの世に留《とど》まり彷徨《さまよ》っているというのは結構つらいんじゃないかと思うんです。作中にも書きましたが、以前は当たり前にできていたことができなくなる悲しみというのは、本当のところは当事者にしかわかりません。でも、想像くらいならできます。仮に、自分が死後幽霊になって彷徨ったとしましょう。そのとき、家族や友人たちが営む普通の生活を端《はた》から眺めることにはたして耐え切れるでしょうか。私には自信がありません。羨むでしょう。もしかしたら恨むかもしれません。だったら、幽霊にならずにさっさと成仏してしまいたい。あるのなら天国に行きたい。そう願うはずです。

この悲哀すら脚色して売り出す罰当たりが私です。　感情論ではありますが否定派に回ってもいい気がしました。

ご時世的なこともあり、題材が題材でしたので、こんなことをつらつらと考えていました。今はただ、亡くなったあのひとが天国で笑っているのを願うばかりです。

以下、謝辞を。

今作でも尽力してくださいました担当編集の荒木様、八木様、本当にありがとうございました。また、素敵なカバーイラストを描いてくださいましたイラストレーターのみよしあやと先生と、関係者の皆様に厚くお礼申し上げます。

そして、この本を手に取ってくださった読者の皆様に最大級の感謝を。

それでは、またの機会にお会いしましょう。

令和四年　梅雨　山口幸三郎《やまぐちこうざぶろう》

＜初出＞
本書は書き下ろしです。

メディアワークス文庫

幽霊《ゆうれい》と探偵《たんてい》

山口幸三郎《やまぐちこうざぶろう》

2022年6月25日　初版発行
2023年8月10日　再版発行

発行者　山下直久
発行　株式会社KADOKAWA
〒102-8177　東京都千代田区富士見2-13-3
0570-002-301（ナビダイヤル）
装丁者　渡辺宏一（有限会社ニイナナニイゴオ）
印刷　株式会社KADOKAWA
製本　株式会社KADOKAWA

●お問い合わせ
https://www.kadokawa.co.jp/（「お問い合わせ」へお進みください）
※内容によっては、お答えできない場合があります。
※サポートは日本国内のみとさせていただきます。
※Japanese text only

※定価はカバーに表示してあります。

Printed in Japan
ISBN978-4-04-914361-4 C0193

メディアワークス文庫　https://mwbunko.com/

本書に対するご意見、ご感想をお寄せください。

あて先
〒102-8177　東京都千代田区富士見2-13-3
メディアワークス文庫編集部
「山口幸三郎先生」係